포스코 九四클럽 手記集

영일만의 추억

도서출판 푸른물결

故 박태준 명예회장 어록

♣ 조상의 피의 대가로 짓는 제철소입니다. 실패하면 우리 모두 '우향우' 해서 영일만 바다에 투신해야 합니다. (1969.12.)
The seed money for our company came from the compensation for the blood of our ancestors. If we failed, let's do "Right Face!" and drown ourselves in Young-il Bay.

♣ 우리 세대는 다음 세대를 위해 순교자적으로 희생해야 하는 세대입니다. (1977. 5.)
We belong to the generation that should sacrifice itself like martyrs for future generations.

♣ 포항공대 설립은 먼 훗날을 위해서, 국가 장래를 위해서 큰 힘이 된다는 확신을 가져야 합니다. (1986. 8.)
We should firmly believe that POSTECH would contribute to the future of our country.

♣ 산업화 세력과 민주화 세력의 화해, 영남과 호남의 화합은 우리의 시대적 소명입니다. (1997. 11.)
Reconciliation between the industrialization group and the democratization group and harmony between Yongnam and Honam is our historical mission.

♣ 한 나라가 일어서는 과정에서 가장 중요한 힘은 지도층이 부패하지 않는 것과 국민이 자신감을 갖는 것입니다. (2010. 1.)
The most important driving force for the rise of a country is incorrupt leadership and self-confidentpeople.

♣ 우리의 추억이 포스코의 역사에, 조국의 현대사에 별처럼 반짝인다는 사실을 우리 인생의 자부심과 긍지로 간직합시다. (2011. 9. 퇴역 직원들과 19년 만에 재회한,생애의 마지막 연설 중에)
Let's not forget that our memories are sparkling like stars in the history of POSCO and modern history of our country. Let's take pride in it and treasure them.

–'청암 박태준 어록' 에서; Quotations from Park Tae-joon

POSCO 창업자 故 박태준 명예회장

회사 창립부터 부사장, 사장으로서 경영 일선의 중책을 맡아 오늘의 포스코를 성장 발전시키는데 한 평생을 바치신 故 고준식 사장.

〈발간사〉

창업 주역들의 수기집을 내면서

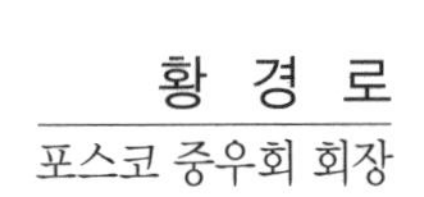
황 경 로
포스코 중우회 회장

1967년 9월12일 나는 대한중석광업주식회사의 관리부장이었는데 종합제철사업 추진 실무책임자로 임명되었다.

부책임자는 당시 개발실장이었던 노중열이 임명되었다.

대한중석이 종합제철 건설의 주체이자 실수요자로 정부에서 결정한 직후의 일이다. 대한중석은 당시 가장 합리적인 경영을 하는 국영기업체로 평가되고 경영력과 사장의 경영능력도 높이 인정되는 회사였다. 추진 실무 책임자로서 대한중석의 계속 경영력도 충분히 고려하면서 합리적 종합제철사업 추진을 위해서 여러 가지 업무 중 먼저 해야 할 일은 추진원

칙과 방법이었다.

그러므로 첫번째 일로서 대한중석의 사업 추진에 있어 정부와의 절충사항과 세부방안을 포함하는 5개 기본원칙의 결정이었다.

1. 대한중석은 이익잉여금을 원천으로 하는 유보자금을 종합제철의 건설내자로 투자한다.

2. 총소요 내자 중 대한중석은 자본 구조상 큰 변동을 주지 않는 범위내에서 투자하고 부족자금은 정부의 재정융자 또는 직접투자로 충당한다.

3. 대한중석은 내자투자에 의하여 건설주체 또는 경영주체의 모체가 되어 이를 추진한다.

4. 대한중석이 부담할 투자의 시기 및 금액의 세부사항은 KISA의 재무계획 확정 후에 결정한다.

5. 정부는 종합제철사업을 위하여 필요한 법제화와 보호육성을 강구한다.

그후 나는 대한중석 관리부장의 입장에서 투자능력을 검토하고 경영진과 협의하였는데 종합제철에 투자할 수 있는 금액은 향후 3~5년간에 46억~56억까지 가능하다고 판단했다.

이에 따라 투자가 실행됐으나 대한중석은 1968년에서 72

년까지 35억원을 출자하는데 그쳤으며 이는 종합제철에 투자를 반대하는 총회꾼 중심의 일반인 주주와 새로운 경영진의 의사에 따라 축소되었다고 생각한다. 따라서 당초 25%의 주주 지분을 결정했던 바 결국 이를 지키지 못했다.

그후 나는 1968년 2월 말로 대한중석에서 퇴사 하였으며, 1개월 가량 무소속으로 포항종합제철 창업 준비 업무를 하다가 4월1일 기획관리부장으로 명령받아 포스코의 창업 멤버가 되었다.

박태준 당시 사장께서도 1968년 3월의 대한중석 주주총회

포항제철 종합 착공식 (1970.4.1)

에서 민간인 주주들의 종합제철 투자 반대 항의를 무릅쓰고 대한중석이 투자할 수 있는 내용을 통과시키고 사장직을 물러났다. 이 때에 종합제철 투자의 집념을 보이듯 사회봉을 너무 세게 두들겨 부러져 버렸다.

포항종합제철 추진위원장이던 박태준 사장은 유네스코회관의 임시 사무실에 출근하였는데 당시 승용차를 회사가 마련하지 못해 택시로 출퇴근을 하였으며, 대한중석은 아직 사장이 공석이어서 승용차를 이용토록 권고하였으나 거절하셨다.

이리하여 나는 포스코의 일원이 되고 기획관리부장을 거쳐 관리이사로 재직하면서 창업 초창기에서부터 전반관리분야와 경영지원분야 그리고 전산분야에서 회사의 조직체계 등 모든 운영 시스템을 설계하고 실용화하는 일을 선도했다.

하버드대학의 경영학교수가 우리 포스코의 모든 시스템의 우수성을 인정하고 어디서 배워 왔느냐고 질문을 받기도 했고, 내가 생각하기에도 당시 한국의 공기업에서 찾아볼 수 없는 참신한 운영 시스템이었다고 지금도 생각한다.

이 모든 창업기의 어려운 일들은 오늘 출간하는 책자에 수기를 써서 내주신 모든 분들과의 합작품이며 노력의 결과였다고 믿는다.

창설 45주년이 되는 이 시점에서도 포스코는 세계에서 가장 훌륭한 경쟁력을 가진 철강회사로 평가되고 있으니 이 회사의 창업기에 한 역할을 했던 여기 수기의 당사자들도 자부심과 명예를 느끼지 않을 수 없으며, 따라서 이 수기 모집에 응한 것으로 알고 나는 무한한 감사를 드리는 바입니다. 수기 모집에 참여하지 못한 사람들 중에도 김철녕 현영환 박용달 송기환, 그리고 고인이 되신 정윤종 등 특출한 일익을 담당했던 분들도 있습니다.

오늘날까지 오랫동안 훌륭한 회사를 만들고 가꾸기에 애쓰신 후배 여러분들에게도 이 책자의 발간과 더불어 감사의 말씀을 같이 전합니다. 그리고 9.4클럽을 맡고 있는 박득표 회장과 박종일 총무의 출간 업무의 노고에 감사합니다.

2013년 3월

표지사진 : POSCO 고로공장 전경

포스코 九四클럽 手記集

영일만의 추억

도서출판 푸른물결

생애직장 포스코

고 학 봉
최종직위 : 부사장 / 재직기간 1969~1993

1968년 여름이 끝날 무렵, 그 해 4월 1일 창립한 포항종합제철주식회사(이하 회사)의 몇몇 지인 선배로부터 초창기 회사 업무를 좀 도울 수 있겠느냐는 제의에 응하여 명동 YWCA 건물에 자리한 회사의 '인사제도연구위원회'에 나가게 된 것이 나의 평생 직장이 된 회사 생활의 시작이었다.

그때 나는 대학원 졸업을 앞두고 논문 준비, 재무부 인턴, 조교로서의 교수 수업 등 매우 분주한 나날을 보내던 중이었다. 당시 우리나라의 경제 상황은 매우 열악하여 온 나라가 경제 자립에 최우선 목표를 두고 정부는 단계적으로 경제 개발 5개년 계획을 추진하던 시기였다. 나의 생각도 이제 우리나라는 경제가 주도하는 국가로 경제인이 중요한 역할을 하는 시대로 전환할 것이며 철강업 등 중화학공업이 경제 발전의 주축이 될 것이라는 확신을 가지고 진로를 바꾸게 되었다.

6개월여 위원회에서 일하다가 졸업과 함께 1969년 2월 1일부로 경력사원으로서 박태준 사장님(당시)으로부터 사령장을 직접 수여 받던 때의 감격을 잊을 수 없고 입사순위 80번대 초창기 사원으로서의 뿌듯한 자부심도 대단하였다는 기억이 새롭다.

첫 근무부서인 총무부 인사과에서 각종 인사제도의 입안과 관리업무를 비롯하여 그 해 4월 1일 대졸 1기생을 공채하는 등 바쁜 시간을 보내었다.

한국 철강협회 설립 업무도 덤으로 하였는데 당시 최정열 부장님(작고)의 일에 대한 열정과 유연한 리더십, 합리적 업무 지침 등을 잊을 수 없다.

창업의 산실 유네스코회관

1972년 초에 나는 회사의 배려와 독일 정부의 장학지원(CDG)으로 독일의 철강, 기계 산업을 시찰 연수할 기회를 얻었는데 만네스만, 지멘스 등 유수기업을 둘러본 경험이 나의 시야를 넓히고 업무 수행에 큰 도움이 되었다.

1973년 귀국과 더불어 포항으로 이전한 본사 기획실 판매기획담당을 거쳐 조사통계과장으로 4년여 황경노 상무님의 지도 아래 다양한 업무를 처리하며 성장하였다. 회사의 단계별 확장사업계획 수립의 기초가 되는 철강수요 예측을 위하여 우리나라 최초로 한국개발연구원(KDI)과 중장기 철강수요 전망보고서를 작성하였는데, 그 때만 하더라도 우리나라 철강재 수요 실적자료가 미미한 상황에서 KDI의 송희연, 김윤형 두 박사의 지휘 아래 Macro, Micro 접근 방법으로 이를 완성하였다. 또 미국의 Peter Marcus가 주관하는 World Steel Dynamics와 처음으로 정보와 자료를 교류하게 되었다.

그 후에도 정기적으로 중장기 철강수요예측 보고서를 작성하였다. 매월 개최되는 운영회의에서 경제, 철강을 중심으로 한 경영정보 보고와 issue 중심으로 특별 보고 등 한 달이 어떻게 지나가는지 모를 정도였으며, 신년사, 송년사를 준비하는 일로 밤을 지새운 일도 많았다.

단계별 확장사업 계획서 작성은 물론이려니와 유가 급등, 엔高 등 환율 변동에 따라 사업계획을 수시로 수정 보완하는 일도 중요하고 시간을 다투는 작업이었다.

우리나라 철강자료를 정리하기 위하여 매년 철강통계자료집을 발간하였다.

최초의 역사지 '포항제철 7년사'의 발간을 맡아 몇 달에 걸쳐 부문별 원고 의뢰, 초창기부터의 기록, 사진자료 정리, 편집, 교정 등 발간에 이르기까지 전부서가 밤잠을 설치던 일도 힘들었으나 보람 있는 기억으로 남아 있다.

기획실에서 7년여 근무 후 79년 뉴욕사무소로 발령받아 경제 금융의 중심지에서 재충전하고 세계화 훈련을 받을 기회를 가졌다. 본사에 경제철강정보 보고와 더불어 미국내 수요가 방문, 도금강판의 클레임 처리, 당시 건설 중이던 전기강판공장의 공기 지연을 만회하기 위하여 미국내 설비제작업체를 검정회사와 함께 몇 달 순회하며 독려하던 일 등으로 바쁜 나날을 보내었다.

81년 귀국과 함께 홍보실장, 경영정책실장으로 일하던 중 회사 중점 추진 과제인 사무자동화(OA) 업무를 맡아 전산실과 함께 간부교육, 모델사무실 설치, 기기 선정 등 OA 도입을 위한 기초 작업을 수행하였다.

83년경 판매부문과 비서실 담당 임원으로 재임하면서 특별히 부여받은 중요한 과제는 대리점을 가공시설을 갖춘 서비스센터로 유도하고 해외에도 스틸서비스센터를 설비하는 일, 88 올림픽까지 스틸캔을 생산하는 일, 한일 수출 전용선을 투입하는 일 등이었다.

당시 회사는 냉연제품의 비율을 확대하고 있었는데 국내 수요가 부족한 때라 수출시장을 확대하는데 전념하였고, 수요가에게 가공 서비스까지 할 수 있는 판매점으로 전화하는 일이 급선무였다. 최초로 신라철강이 스틸서비스센터를 설립함으로써 그 후 여타 대리점도 순차적으로 서비스센터로 바뀌어 나갔다.

제철소의 스틸캔 소재 개발에 맞추어 대형 제관사가 외면하는 가운데 소규모 제관업체로 하여금 투자하도록 권유하여 88 올림픽에 맞추어 스틸캔을 공급할 수 있었다. 대형선사가 투자를 주저하는 상황에서 금양상선이 앞장서서 전용선을 건조 운영함으로써 대일 수출이 훨씬 용이하게 이루어지게 되었다.

원가 자료와 시장논리를 앞세워 장기간 동결되었던 주력제품인 열연코일 가격 인상에 성공한 일, 최초의 해외 판매회사인 PIO(대표 오종환) 지원업무 등이 기억에 남는다.

판매부서에서 7년여를 보낸 후 신사업본부로 옮겨 베트남, 중국 등과의 투자사업과 해외 철강프로젝트를 수행하던 중 미국 USX와의 50/50 합작회사인 UPI에 파견되었다.

합작 계약에 따른 UPI에 대한 회사의 소재공급에 대하여 미국 철강업계의 반발이 날로 심해지면서 이미 한번 어려운 고비를 넘긴 후였으나 다시 양국 철강업계간의 첨예한 무역마찰로 전개되던 시기에 UPI에 파견된 나는 황경노 부회장께서 주재하는 원격화상회의를 통하여 동향과 대책을 장기적으로 보고하고 지침을 받아 대응하였다. UPI에서도 주주사인 USX와는 독립적으로 노조, 지역사회 등을 통하여 주정부 방문, 백악과 Hot Line 활용, 청원서 제출, 위원회 출석 증언 등 가능한 모든 방법을 활용하였다. 당시 클린턴 대통령이 당선사례차 L.A.를 방문한다는 소식을 듣고 유력 인사의 도움으로 모임에 참석하여 직접 청원서를 전달한 일과 한승수 주미대사가 UPI를 방문하여 격려해 주신 일 등이 특별히 기억에 남는다.

93년 회사는 정치적인 이유로 박태준 회장님을 비롯하여 최고 경영층 모두가 어려움을 당할 때 부사장으로 선임되었다는 통보를 받았다. 그러나 당시 경영진의 갈등과 복잡한 사정으로 본사 복귀가 지연되던 중 전임원 일괄사표 제출 후 선별 수리 등 이해하기 어려운 과정을 통하여 회사와 UPI를 그만두게 되었으나, 그 시기에 반덤핑 문제가 해결됨으로써 주변 여론이 분분함에 따라 UPI 현지 법인에서의 직은 그대로 유지하게 되었다.

정치에 의해 회사의 인사와 경영이 크게 흔들리는 불행한 상황이 재연되서는 안 될 일이며, 그러한 상황에서의 최고경영자의 처신과 리더쉽에 많은 실망과 회의를 가지게 된 가장 기억하고 싶지 않은 사건이었다.

김만제 회장 취임 후 회사의 설계, 건설 본부와 PEC, 거양개발 등을 통합한 포스코 개발(주)이 출범함에 따라 나는 해외사업 부문 대표이사로 선임되어 귀국하였다. 그러나 한국의 「벡텔」 사가 되기를 선언하며 출범한 포스코 개발은 기존 건설사들의 견제로 당초 계획대로 날개를 펼치지 못하게 되었으나 10년여 기간 재임 중 그간의 경험과 노하우를 바탕으로 임직원 모두의 각고의 노력으로 철강을 중심으로 한 플랜트 사업을 비롯하여 건축, 개발사업, 토목, 환경, 에너지 등 여러 분야에 걸쳐 종합 건설엔지니어링 회사로서의 기반을 튼튼히 할 수 있었다.

그 동안 시행착오도 적지 않았고 외환 위기, 부동산 경기

침체 등 어려운 가운데도 포스코 건설이 국내 최고의 종합건설회사로 자리잡은 모습을 볼 때 자랑스럽다.

특히 2002년 뉴욕에서 인천시와 GALE사, 그리고 건설 파트너로서 포스코 건설이 송도 신도시 개발사업 추진을 위한 계약을 한 후 10년이 지난 요즘 송도 신도시가 비즈니스 신도시의 모델로 모습을 갖춰가는 것을 볼 때 가슴 뿌듯하며 포스코 건설의 대표 프로젝트의 하나로서 성공하리라 믿는다.

회사와 함께 한지 40여년, 나의 청춘과 땀과 노력을 아낌없이 쏟아 부은 반평생이 잠시처럼 느껴진다. 다만 아쉬운 점이 있다면 회사가 창립 당시의 초심으로 돌아가 담당한 본분을 다하고 본업에 보다 충실했으면 하는 생각이다.

돌이켜 보건대 회사 여러 분야의 업무를 다양한 직책을 가지고 대과 없이 수행할 수 있었던 것은 황경로 회장님을 비롯하여 훌륭한 상사들을 모시고 우수한 선후배 동료들과 더불어 서로 이끌어 주고 동고동락하며 지낸 덕분으로 생각하며 함께 일한 모든 분들과 보람있고 행복한 시기를 보낸 것에 감사드린다.

근무 당시의 몇가지 추억

김 광 길

최종직위 : 전산실 부장 / 재직기간 : 1971~1978

POSCO에 근무하던 중 일어났던 에피소드를 글로 쓰려하니 표현력의 한계를 느끼며 내용도 재미없고 쉽지도 않다. 대충 쓸 수 밖에!

공사관리

포항 건설현장에서 진행된 공사 내용은 매일 주로 오후 4-6시 사이에 본사(YWCA)의 교환을 통하여 파악 집계하였다.

제한된 회선을 전부서가 이용하니 얼마나 불편 하겠는가?

한번은 포항 현장과 전화 연결을 신청하고 통화중이라 하여 기다렸는데 시간이 흘러도 소식이 없자, 참지 못하고 교환

실로 달려가 가쁜 숨을 내쉬며 큰 소리로 신경질을 부리니 교환원이 우는 것 아닌가! 아차 싶어 사과하고 음료수와 먹거리를 갖다주며 달래야 했다. 다행히 그 후로는 전화 연결이 한결 빨라졌다.

매번 밤 10시가 지나서야 브리핑차트가 준비되었으며, 매주 월, 수, 금, 아침8시 Tea Time에서 진땀을 빼야 했다. 현장 전화 확인과 Chart 준비는 주로 유명을 달리한 박인수 사원의 몫이었다. 보고 중에 사장님의 손이 코를 향해서 올라갈 때면 고준식 부사장님이 먼저 호통을 침으로써 절박한 위기의 순간을 여러 차례 넘겼다. 지금처럼 이동통신이나 화상회의가 가능했다면 밥줄이 온전하지 못했을 것이다.

초기 건설회의

제강공장 Bolt건

제강공장 구조물에 사용된 고장력 볼트가 불량 시공되었으니 개수를 확인하여 보고 하라는 지시가 내려졌다.

민첩하게 인사과에서 확인요원을 선발하였는데 선발 기준이 재미있었다. 인사 기록카드에 1)미혼 2)등산이 취미라고 적힌 사원이 대상이 되었다. 공사관리 담당인 내가 팀을 인솔할 수 밖에 없었다.

다음은 출장비가 문제였다. 독신료에서 숙식하게 되니 전액 지불은 곤란하다는 것이었다. 그러나 팀장인 나는 입장이 난감했다. 그래서 위험한 고소작업의 특성과 사고시의 책임을 이유로 총무이사님을 설득하여 전액 각자에게 지급되었다.

출장기간 중에는 충분한 수면을 위하여 포커게임을 금해달라는 부탁도 일러두었다.

그런데 공사현장에 도착해서야 선발조건이 이해가 되었다.

높이 새워진 H형강 기둥에는 가로 세로로 보(堡)가 연결되었고 크레인 가다도 연결되었으나 상판은 아직 설치되어 있지 않았다.

각자가 손에손에 페인트 깡통과 붓을 들고 이 기둥에서 저 기둥으로 이동할 때면 공장바닥이 까마득하게 느껴졌다. 아래에서는 작업크레인이 쉴 새 없이 이동하며 작업중이었다.

볼트의 확인은 체결부에 O, X를 마킹하는 것이었다. 문제가 된 것은 가공공장에서 미리 뚫어놓은 볼트 구멍이 조립현장에서 서로 일치하지 않아 산소를 이용하여 구멍을 크게 하여 볼트를 체결한 곳이었다. 특히 크레인 가다에서 많이 발견되었다. 마침내 O, X를 계수하고 팀원 전원이 무사히 확인작업을 끝낼 수 있어 다행이었다.

컴퓨터 도입

조직개발실에 기계계산과가 생김으로써 체계적인 업무전산화가 시작되었다. 초기에는 믿음이 가는 경력직 사원의 확보에 어려움이 있었으나 앞서 입사한 이근실 사원의 도움이 컸다. 성기중 사원의 테스트도 거쳤다. 충원은 계속되었고 회사 최초로 4급기간직 여직원 2명이 입사했다. 여직원 채용이 뭐가 그렇게 대수로운 일이냐? 하고 반문 하겠지만 당시에는 파격적인 인사였다. 그런 예는 또 있다. 오늘날 돈만 있으면 슈퍼컴퓨터도 집안에 들여 놓을 수 있지만 70년대 초에는 한국의 외환사정이 좋지 않아서 과기처 컴퓨터 도입심의위원회의 심의 승인을 거쳐야 했다. 기종 선정시에는 IBM과 FACOM, CDC, UNIVAC 등 4개사가 각사의 추천 기종과

SOFT WARE 개발지원 내용이 담긴 제안서를 제출했다.

수차례 절충끝에 FACOM 230 Series가 선정되었다. 메모리 용량이 230K Byte로 현재 초등학생이 소지한 핸드폰 용량보다 작았다. 호랑이 담배 피우던 아득한 옛날처럼 느껴진다.

개발 초기에 현장부서의 협조와 불만을 잠재울 수 있었던 것은 담당 임원이신 황경로 상무님의 보이지 않는 영향력이 크게 작용했다. 사건사고를 거치며 마침내 전자계산기 시스템을 갖추고 사장님과 임원을 모시고 1단계 개발완료 보고와 Openning Ceremony Demonstration을 마쳤다. 이 때에 프린터에서 인쇄되어 나오는 모나리자 그림은 참석자들의 호기심을 자극하기에 충분했다.

그리고 기억에 남는 것은 마지막 결재서류를 들고 박태준 사장님과 면담하는 자리였다. 한 동안 응시하시더니 하시는 말씀이 "나라에 충성하기 위해 육사에 입교했고 국영기업체에서 근무하는 것도 나라에 충성하는 것이다" 라고 하시는 말씀을 듣고 그간 초라하게 생각되었던 자신이 사랑과 배려 속에서 근무했음을 깨닫고 사장실을 나왔다.

끝으로 여상환 사장실장이 사진사를 대동시켜 공장을 돌면서 마지막 POSCO의 흔적을 앨범에 담아준 것은 펼쳐볼 때마다 고마운 마음이 든다.

국내 최초의 원가전산화 작업

김 광 호

최종직위 : 상임감사 / 재직기간 : 1969~1992

1969년 4월, 경력직 사원 공채에 응시한 나는 필기시험을 거쳐 면접시험에서 당시 관리부장이던 황경로 회장님을 처음 만나게 되었는데, 아직도 기억에 생생한 첫 질문이 "기획과 계획이 어떻게 다른 것인가?" 였다. 사람의 운이란 알 수 없는 것이다. 당시의 포항제철은 명동 YMCA 건물에 입주해 있었다. 그런데 우연하게도 시험 보러 가던 중에 경영학 책을 펼치니 기획과 계획에 대하여 자세한 설명이 있었다. 아마도 내가 제일 답을 잘 했으리라…

입사하자 확장 일로에 있던 각종 설비 증설과 관련하여 컴퓨터 도입이 안 되었던 때라 중장기 자금계획서, 차관원리금 상환계획서 등 계산작업이 많았다. 출근하여 책상 앞에 앉으면 점심시간에야 화장실을 가야 했을 정도였다. 밤낮 휴일도 없는 업무 속에 하루가 지나가고, 통금이 있던 시기라 집에 못 가고 일한 날들이 허다했다. 그런 와중에도 당시 황경로 기획관리부장님의 부하 관리 기술이 특별하고 탁월하셨다.

세월이 흘러 개별 공장과 설비가 준공되어가던 무렵에 나는 원가과장으로 명령이 났다. 대한민국에서 내로라하는 상업고교 출신의 고단수 주산 전문인력 12명이 일주일간 꼬박 밤낮으로 계산을 해야 공정별, 공장별, 제품별 원가계산서가 나왔다.

각 공장장들은 자기 공장의 원가를 관리하는 자료로서 활용하여 원재료의 비용을 관리했고, 매월 10일마다 열리는 월례운영회의에서 원가가 공개되면, 회의를 주재하던 박태준 회장님은 원가가 오르거나 할 경우 어김없이 원인을 캐묻고는 하였으니, 명쾌한 답변을 내놓지 못하는 공장 책임자들은 오죽 하였겠는가. 그러나 그 뒤에는 항상 당시 황경로 상무님이 버팀목이 되어주셨다.

1973년 제1단계 설비 종합준공을 전후하여 원가계산의 전산화 개발이 시작되었다. 당시 황경로 상무님의 전산화 집념은 대단하였다. 수많은 밤을 지새우며 개발을 해도 운영회의 기일에 원가계산과 분석을 마치기가 어려웠기 때문이었다. 계속적인 설비 증설로 각 관련 부서들의 일도 늘어날 수 밖에 없었다. 당시 성기중 전산과장과 전산실 직원들, 그리고 원가과 직원들은 가정도 국경일도 없이 밤낮으로 일해 주었다.

당시에는 전산화된 원가계산서가 찍혀 나오는데 6시간이나 걸려서, 1층 전산실 cpu 뒷바닥에서 새우잠을 자며 직원들을 독려했다. 다행히도 전산실은 시원했다.

원가계산서를 출력하면 양측에 구멍 뚫린 커다란 용지에 500페이지 정도나 되었다. 대기업으로서는 국내 최초로 완벽한 원가전산화를 이루었다는 자부심을 잊을 수 없다.

그러던 어느 날, 황경로 상무님이 컴퓨터로 출력한 원가계산서를 가져오라고 하여 가보니, 상공부에서 오신 분과 말씀을 나누고 계셨다. 그 분이 전산화된 원가계산서를 보고 놀라워하던 모습이 지금도 눈에 선하다. 당시의 철강가격은 정부가 결정하였는데, 수작업 계산서는 각 기업이 인위적으로 수정하는 것이 다반사이던 때였으므로, 포항제철의 전산화된 원가계산서에 대한 정부의 신뢰는 대단하였다.

원가의 전산화 개발이 끝나가던 1970년대 중반 어느 날, 정부의 자금 지원은 줄어들고, 포항제철소 차관원리금의 상환과 광양제철소 차관 착수금의 지불 등으로 극심한 자금 부족을 겪기 시작할 때, 나는 재무과장으로 발령받아 서울사무소로 오게 되었다.

지금은 고인이 된 양익수 자금부장과 나는 아침에 출근하면 자금 조달을 위해 다리가 아프도록 은행을 찾아 다니면서 통사정하는 일이 계속되던 어느 날, 담당 임원이신 황경로 상무님은 일체의 자금 지불을 중단하고, 1만원 이하만 지불하도록 방침을 정하셨다. 일생을 살아오면서, 공과 사를 통틀어 금전적으로 가장 절박한 시기였다. 당시의 조평구 자금과장은 자금창구 민원에 시달려 폐렴에 걸려 병원에 입원하기까지 했다. 필자는 이때의 경험으로 평생 다음과 같은 자금운영 원칙을 가슴에 새기게 되었다.

"은행은 기업이 쌓아놓은 돈이 있어야 융자도 해주고 자금도 가져가 쓰라고 한다. 그러나 회사의 자금여력이 나빠지면, 자금을 지원해 주기는커녕 빌려준 돈도 갚으라고 한다."

Roll over나 Revolving이 안 되고 돈 줄이 막히자, 차관원리금을 제때 송금하지 못해서 다음날 비상이 걸려 Urgent로 송금하는 일이 다반사였다. 원리금 상환이 하루라도 늦어지면, 국제 금융계에선 블랙리스트에 올라가 모든 설비차관 자금줄이 막히고, 차관금리도 올라가게 되니 얼마나 절박했던지…

70년대 중반 포항제철이 1만원 이상 대외 지불을 못했다는 것을 몇 사람이나 알고 있을까? 당시 포항제철의 분위기로는 담당 임원의 고초를 아무도 몰랐다. 지금은 고인이 되신 박태준 회장님과 고준식 전 사장님, 당시 예산을 총괄하던 박득표

초기 전산 시스템

관리실장님 만이 잘 알고 계셨을 것이다.

세월이 흘러 본인의 상임감사 시절, 2년 임기를 몇 개월 앞두고, 회사를 타의로 그만두게 되었다. 당시 황경로 부회장님께서 가끔 식사에 초대하고 위로해 주신 고마움이 지금껏 잊혀지지 않는다.

나와 포항제철

김 두 하

최종직위 : 사장실 임원 / 재직기간 : 19710~1980

포항제철, 내 평생 잊을 수 없는 이름이다.

40대의 나이지만 내 인생의 모든 열정을 쏟아붓고 불철주야 후회없이 일을 한 시기이다.

1기건설을 준공하고 동력부차장, 부장으로 있을 때 즉 73년 12월 조직개발실장으로 인사발령을 받았다. 처음으로 관리이사(황경로 이사) 휘하에 들어간 것이다.

관리이사 휘하에는 기획실, 관리실, 조직개발실이 있었다. (나중에 알았지만 누군가가 이것을 yellow사단이라고 했다) 그 만큼 관리이사 휘하 부서가 열심히 한데 뭉쳐 일을 잘했다는 뜻도 된다.

조직개발실장으로 재직시 한 일에 대해서는 너무 오래된 일이라 자세한 업무내용은 기억 못하겠으나 두가지 현안 문제가 있었다.

하나는 회사 예비점검제도의 확립

둘째는 업무전산화(업무 및 설비)이었다.

이를 위해 이호경, 김광길, 연상우, 성기중 과장의 노고가 컸다.

그 동안 사관학교 근무 부대 근무 등 많은 경험을 했지만, 관리이사 만큼 명확한 지침을 내리는 분은 처음 보았다. 그래서 아랫 사람이 일을 하기가 쉬웠고 신나고 일을 한 보람이 있었다. 하루는 작고하신 고준식부사장님 한테 결재를 받으러 갔더니 결재하고 나서 나한테 "너희들 황이사 산하에 있는 부장들은 전부 일을 잘 하는데 황이사가 똑똑해서 그렇지?" 하시길래 "네" 하고 대답한 적이 있다.

나는 조직개발실장으로 있는 동안 거의 매일 이사실에 들렀다.

업무보고도 있었지만 가끔 과거 이야기도 했다.

가장 호흡이 맞는 것은 옛날 군대시절의 경험담이었다. 나는 20세에 6.25 사변으로 제2국민병에 입대하여 육사에 들어갈 때까지 보병 제9사단에서 사병근무를 한데 비하여 황이사님은 장교로 임관해 전방 수색부대에서 전투를 하셨으니 그 경험담이 끝이 없었다.

이러한 생활도 어느덧 2년 가까이 흘러 새로이 조직이 개편되어 조직개발실은 없어지고 전산실이 새로이 태어났다.

나는 건설본부 설계부장으로 자리를 옮기게 되었고 그 후 황회장님도 잠시나마 포철을 그만 두셨다.

그렇다고 하여 우리의 인연이 끊긴 것은 아니었고 포철중우회라는 것이 그 유대를 지속시켜 주었다.

황회장님 밑에서의 2년은 나에게 포철 근무의 전부인 것 같은 느낌이 든다.

나는 그 후 공정관리실장, 정보관리센터장, 건설본부 부본부장(79년)을 거쳐 80년 3월 삼화화성㈜ 사장으로 부임했다.

내가 삼화화성 사장으로 있을 때 황회장님은 다시 포철로 복귀하셨다.

나의 포항제철 근무는 만9년이었다.

이어서 삼화화성㈜에서 9년 반, 제철화학에서 3년 반, 도합 22년이 내가 포항에 내려가서 산 기간이다. 포항에서의 22년은 어쩌면 내 인생의 황금기 같은 시기였고, 그런 시기에 가장 잊지 못할 두분 (고 박태준 명예회장, 황경로 회장)을 모실 수 있었다는 건 내 인생의 행복이 아닐 수 없다.

원시적 전산작업 시대

김 상 태

최종직위 : 투자사업부차장 / 재직기간 : 1973~1994

지금처럼 컴퓨터가 알아서 척척 분개도 하고 계산도 하여 결산까지 완료해주는 시대에 살고 있는 사람들은 이해가 안 되겠지만 전산시스템을 처음 접했던 전산화 초창기에는 웃지 못할 상상도 안 되는 일들이 많았다.

70년대 중반에 출납이라는 보직을 받아 일할 때는 일과 후에 포항 본사 회계팀과 그날 회계 처리한 전표의 대차가 맞아야 퇴근을 할 수가 있었다.

요즘처럼 컴퓨터가 발달한 상황에서는 아무런 문제가 되지도 않겠지만 그 때는 회계전표를 전산실에서 한 장 한 장씩 일일이 손으로 입력한 뒤 그것을 텔렉스로 변환하여 포항으로 보내주면 포항 회계과에서는 본사와 서울의 것을 합산하여 일일 결산을 마감하였다. 그러나 대차의 밸런스가 맞지 않으면 서울과 포항의 담당자가 전화를 마주 붙들고 확인이 끝날 때까지 전표를 모두 확인하여 잘못된 것을 찾을 때까지 계속해야만 했다. 계산만 전산작업으로 할 뿐 수작업이나 다름없는 전산화 초기의 원시적(?) 전산작업은 매일매일 반복되고는 했다.

당시에는 자정부터 새벽 5시까지 통행금지 시간이 있어서 늦으면 집에 갈 수 있는 방법이 없었다.

한번은 늦어서 집에 가다가 방범대원한테 걸려서 돈을 주고 집에까지 에스코트를 받은 적도 있었다.

지금처럼 컴퓨터가 모든 것을 알아서 처리해주는 시대에 살고 있는 사람들로서는 그 때 그 시절의 우리들 얘기가 문명과 등진 오지의 일처럼 얼마나 답답하고 코미디같은 이야기로 느껴질 것인지 궁금하기만 하다.

수도권 사옥 부지 확보

김 세 희
최종직위 : 제무감사팀장 / 재직기간 : 1973~1997

수도권 사옥의 필요성

70년대 초 수도권 인구 과밀화 대비책으로 정부는 수도권 인구 분산책을 시행하고 있었다. POSCO는 72년12월31일 본사를 포항으로 이전하고 서울에는 판매, 원료, 자금 등 일부 부서가 잔류하고 있었으나 사세 확장으로 서울 주재 부서의 업무량과 인원의 증가로 사무소 소요가 확대되고 있었다.

여의도 사옥 부지의 매입

80년대 초 서울에 사옥 부지 확보를 위하여 여의도 소재 나대지 2000평을 매입하기로 하고 매수를 위하여 한국감정원(여의도지점)에 감정의뢰를 하였으나 소유주인 대한공론사가 요구하는 가격의 70% 수준으로 평가될 수 밖에 없다는 내용이 확인됨에 따라 부지 매입이 어려움에 처하게 되었다. 당시는 정부 투자기관으로서 부동산의 취득은 국유재산법에 근거한 감정평가기관의 감정가 기준으로 감정가 수준에서 매매되고 있던 관행과 감정가 초과 지급시 그 사유에 대한 객관성이 있어야 감사기관 등으로부터 적정성을 인정받을 수 있었다. 여의도 사옥부지 감정 평가액을 토지 소유자의 요구가액에 근접시킬 수 있는 방법을 찾기 위한 평가근거와 평가 기준을 파악하기 위하여 감정평가에 관한 한국감정원의 규정을 입수하여 내용을 파악하고 여의도 인근의 시세까지 조회해 본 결과(토지평가는 매매사례를 기준 시점과 위치보정 등의 절차 후 가격 산정) 감정가액의 상향조정은 상당히 어려운 것으로 확인되었으나, 2차재평가 실시중 자산재평가 실사 팀의 협조로 평가 예정액 대비 평가액을 20% 상향조정하고 감정가 대비 10% 고가 매입하기로 하여 토지 매입을 추진하였다.

조세감면 수혜기간(81.12.31. 조세감면수혜 만료)내에 취득함으로써 취득세와 등록세 감면 수혜를 받을 수 있도록 하여 자금 부담을 경감시킬 수 있었다.

정구부 창단(여자)

법인은 토지취득 후 3년 이내에 정당한 사유 없이 취득한 토지를 취득 목적에 합당하게 사용하지 않을 경우 법인의 비업무용 토지로 보아 중과세율을 적용 세금을 징수토록 세법에 규정되어 있으나 사옥 건립이 지연되고 있을 뿐 아니라, 건립 자체도 불투명하여 과세문제(과세시 취.등록세 등 취득가의 50%이상)의 발생이 예상됨에 따라 그 대책으로 법인의 비업무용 토지에서 제외되고 경제성을 고려하여 정구부 여자팀을 창단하게 되었다. 이것은86아시안게임과 88올림픽을 앞두고 운동경기부를 설치한 법인이 선수 전용으로 사용하는 체육시설용 부지는 법인의 비업무용 토지에서 제외시키는 세법규정을 활용한 대책이었다.

세무 조사

정구부는 선수 4명과 코치 단장으로 구성되어 있으나 사옥 부지의 정구장은 9면으로 선수에 비하며 과다 면적 보유로 체육진흥보다는 토지 투기 목적 보유로 보아 중과세율을 적용한 재산세를 서울시가 고지했으므로 이의 신청을 하여 중과세 고지를 취소시키고 일반세율을 적용한 재산세를 납부하였다. 그 후 지방세법이 개정되어 선수 인원에 따라 체육시설

부지 범위를 정하여 체육시설용 부지로 인정함에 따라 서울 사무소 근무 여직원을 선수로 등록시키는 편법을 이용하기도 하였다

대치동 사옥 부지 확보

강남구 대치동 소재 동아건설 소유 토지를 POSCO가 인수하기로 하였으니 실무협상을 하라는 지시를 박득표 부사장님으로부터 받았다.

협의 대상자는 동아건설 유성용 전무로 서소문 소재 대한통운 사무실에서 세무문제와 양도절차 등을 논의하였다. 그러나 협의 진행이 얼마 안 되어 재

POSCO 서울사옥

산권이 동아건설에서 동아그룹이 출원한 재단법인 공산학원 소유가 됨으로써 인수에 상당한 시일의 소요가 불가피하게 되었다

동아건설측의 재산권 정리가 완료되고 POSCO 인수가 이루어질 때에는 대치동 사옥부지 인수 합의와 실제 인수 시기간에 상당한 시차가 경과되고 분당 신도시 개발 등 주변 여건의 변화로 주변 지가가 급등하여 인수시점에도 시세차액이 상당히 발생되었으나 양사간의 양보와 절충으로 사옥부지의 인수가 가능했으며 사옥의 적기 건설도 가능하게 되었다.

포스코는 나의 보람

김 용 근

최종직위 : 상무/ 재직기간 : 1974~2002

1973년 7월 포항1기 종합준공 후 활기차게 조업중이던 11월 포스코 입사시험을 치르기 위해 포항에 내려갔던 때가 벌써 40년 전. 대학원에서 정보처리(당시 EDPS) 전공학과를 수료하고 취직시험에 K항공과 포항제철에 동시 합격하여 나의 장래를 결정할 첫 번 째 중요한 선택의 기로에 섰다. 당시 전산분야의 근무환경이나 제반 여건에서는 뒤졌으나 포항제철에 대한 나의 생각은 국가기간산업이며 웅장하고 광활한 제철소와 효자주택단지, 그리고 향후 세계적인 큰 회사로 발돋움할 것이라는 믿음에 나의 장래를 걸어 도전하기로 결심하고 1974년4월 입사하였다. 그 때의 판단이 내가 살아오면서 가장 잘한 선택이었음을 지금도 마음속 깊이 절감하고 있으며, 지금의 나를 있게 한 포스코와 더불어 나를 이끌어주시고 격려해 주신 많은 선배님들께 항상 감사한 마음이다.

내가 입사할 당시에는 최초의 FACOM 시스템 설치작업이 한창 진행중이었으며, 5월 들어 가동을 하면서 회계, 급여계산 등 기본적인 업무처리를 개시하고, 1976년부터는 매월 회계결산을 전산으로 집계하여 전사 운영회의 보고 자료로 활용하게 되면서 전산처리 업무는 폭주하는 가운데 컴퓨터 성능이 따라주지 못하여 관련부서 요원은 물론 담당 전산요원과 키펀쳐까지 밤을 지새는 날이 많았던 것으로 기억된다. 결산처리 결과가 전사 운영회의 날짜를 잡는데 중요한 변수가 되면서 덕분에 운영시스템이 빠르게 안정되고 많은 관련부서 직원들이 시스템에 대한 관심과 인식을 새롭게 하는 계기가 되기도 했다. 이즈음 생산관리 분야도 작업지시서와 실적을 전산으로 처리하여 조업에도 점차 영향을 주기 시작하였고 시스템 개발은 설비 확장에 맞추어 그때그때 업무나 부서 중심으로 발전시키다 보니 전사 통합시스템 구축의 필요성이 대두되기 시작하면서 80년대를 맞게 되었다.

78년 4월 전산운영과장을 시작으로 정보관리센터 내에 전산실 신축공사부터 건물공사와 연을 맺게 되어 사무 자동화(OA) 추진을 위한 OA전문과장으로 발령받아 포항본사 신사옥 신축 기본계획 수립팀의 일원으로 일본에 출장, 오사카에 있는 당시의 최첨단 빌딩인 NEC본사를 방문하여 빌딩 종합관제 시스템과 원격화상시스템 등 첨단 정보통신기술을 갖춘 인텔리전트 빌딩을 견학하는 기회를 갖게 되었다. 이 때 첨단 정보통신기술을 현장에서 접할 수 있었던 기회는 나의 이후 행로에 많은 영향을 미쳤던 것 같다. 광양제철소 호안공사가 마무리될 시점에 광양에 출장중이던 박태준 회장님께 장문현 본부장님과 함께 포항 본사의 신사옥 신축 기본계획을 보고할 당시 기능 하나하나를 세심하게 확인하시던 모습이 지금

POSCO 본사 사옥

도 기억에 생생하다 (1987년4월1일 신사옥 준공).

1985년 3월 5일 광양1기 설비 종합착공과 동시에 회사에서 전산화 마스터플랜을 수립하여 생산관리 시스템 구축작업을 본격화하기 직전인 1985년 2월 나는 광양제철소 전산시스템 개발을 주도할 책임자인 전산개발실장으로 명을 받았다. 다음날 광양 전입신고를 하면서 광양과의 연이 본격적으로 시작되었다. 광양제철소 전산시스템의 개발에는 최신 신기술 적용 등 어려움이 많았지만 빠른 시간에 안정적인 시스템 운영을 하게 된 성공요인은 첫째 1986년 7월 전산화 마스터플랜 보고시 박태준 회장님께서 "광양제철소 성공의 관건은 전산화이므로 모든 관련부서는 최우선적으로 지원하라"는 적극적인 의지를 표명하신 이후 전사 차원의 최우선 지원이 있었기 때문이며, 둘째는 시스템 설계에서 운영까지의 작업을 현업요원과의 동반 작업을 함으로써 현업요원이 시스템의 주인의식을 갖게 되었고, 따라서 운영상의 문제점을 사전에 없애게 됨으로써 시스템이 안정적으로 빠른 시일내에 정착할 수 있었다고 본다. 그리하여 광양제철소는 처음부터 컴퓨터 시스템을 기반으로 하는 최신예 제철소를 구현하기 위하여 원료 입하에서 제품 출하까지 전체 공정의 데이터는 물론 각종 설비를 제어하는 프로세스 컴퓨터와도 Real Time으로 정보를 연결하는 당시의 최신 정보통신기술을 적용한 일관 통합시스템을 구축할 수 있었다. 뒤이어 1988년 7월 광양 2기 준공에 맞추어 한 단계 업그레이드된 2기 시스템을 가동하게 되었다.내가 근무한 광양제철소에서의 4년 2개월 동안은 내 인생에 있어서 가장 열정적으로 일하였던 자랑스러운 기간이며 지금도 보람과 긍지를 갖고 있다. 그것은 이후 내가 포스코에 복귀하여 광양제철소 행정담당 부소장으로 선임되는 가장 큰 동기가 되었다.

1989년 4월 포항제철소 확장과 함께 광양2기를 마무리하는 시점에서 그 동안 사내 전산화를 통해서 축적된 포스코 전산 전문인력 350여명과 포스코 엔지니어링 인력 200여명으로 정보통신 전문회사를 설립하라는 최고경영자의 지시에 따라 나는 정보통신사업 기획부장 명을 받게 되었다. 솔직히 부장 승진은 자랑스럽고 기쁜 일이었으나, 15년 동안 사내 전산개발과 운영 등 시스템 관련 업무만 해오던 터라 회사 설립업무는 말할 것도 없고 정보통신사업에 관해서도 경험도 공부도 한 적이 없었기 때문에 성기중 부사장님을 모시고 열심히 공부하면서 부딪치면 안 될 일이 없으리라는 믿음과 각오로 시작하면서도, 혹여 능력 부족으로 포스코와 윗분들께 누를 끼치지나 않을까 걱정이 앞섰다.

작업 6개월간은 스트레스도 많이 받았으나 나에게는 접해 보지 못했던 여러 분야의 공부를 할 수 있는 기회가 되었으며 더욱 중요한 것은 어떤 일이든 부딪치고 최선을 다하면 못 이룰 일이 없다는 자신감과 도전이라는 수확을 얻게 되었던 점은 이후 나에게 큰 힘이 되었다. 천신만고 6개월여의 작업 끝에 포스데이타 설립에 관한 기획서가 완성되고 최고경영층 보고를 위한 요약보고서가 60페이지에 달하였다. 임원회의 승인을 앞두고 박태준 회장님께 직접 보고를 해야 하는데 요즘같이 파워포인트를 활용한 보고와는 달리 그 많은 보고서를 일일이 넘기면서 20분내에 요약 보고하기 위해 반복 브리핑 연습을 했으나 막상 지근거리에서 보고를 하자니 떨리기도 했지만 중간 중간 질문과 확인을 하시는 바람에 연습했던 대로 되지 않아서 애를 먹었던 일이 생각난다. 솔직히 어떻게 브리핑을 했는지, 잘못 되지는 않았는지 걱정되었으나 회장님께서 원안대로 추진하라는 지시가 떨어지고 회장실을 나오자 그 자리에 입회하신 당시 경영정책담당 임원이던 이구택 회장께서 오늘 보고 잘 했다고 말씀하셔서 그 때서야 그간의 무거웠던 마음이 한결 가벼워졌던 것 같다. 이후 당시 상공부를 위시한 관련 정부기관 보고 및 정보통신 관련 업계의 유명인사 접촉 등 사전 정지작업도 필요한 절차임을 알게 되었다.

이후 나는 본사 정보시스템부장을 거쳐 1993년 포스데이타 임원으로 옮겨 다시금 새로운 일에 도전하게 되었는데, 대외사업 부문인 SI업무를 맡아 기술력과 경험 등을 갖춘 유수한 대기업들과의 수주전은 또 다른 능력을 시험해보는 기회라 생각하고 업무에 임했다. 대외사업의 어려움 가운데도 국방 최대 프로젝트인 국방 전산망 구축 프로젝트를 수주하고 경쟁을 했던 업체로부터 경험이 일천한 포스데이타 수주에 이의를 제기하여 국방부 기자회견장에 성기중 사장님을 모시고 갔었다. 또한 포스코 서울본사 사옥 기본설계시 1년 동안 인텔리전트 빌딩 OA부문 책임자로서 참여하게 되어 여기서도 건물공사와의 끈질긴 인연은 계속 이어졌다. 대외사업도 어느 정도 자리잡아갈 즈음인 1995년 말 포스코 사장실로부터 광양제철소 행정담당 부소장 선임 전화를 받았는데, 그 때만 해도 자회사에서 포스코로 복귀하는 예가 없었으나 당시 지역과의 협력문제가 중요하게 대두되어 있었고 광양근무 경력과 관리부문에 계셨던 여러 선배님들의 배려 덕분에 복귀하여 추천하고 지원해주신 여러분의 기대에 부응하기 위하여 2002년 2월까지 6년 2개월 동안 후회 없이 열정을 다해 직분을 성실히 수행하고자 노력했다.

지금까지 나의 인생에 있어서 긴 기간 동안 포스코가 따뜻

하게 안아주어 나에게 있어 포스코는 포근한 고향이요 나의 지금이 있기까지 길러준 영원한 마음속의 작은 왕국이다. 광양제철소 부소장 시절 겪었던 일과 소중한 추억들은 다음 기회로 미루기로 하고, 그간의 도움을 주신 여러분께 거듭 감사드린다.

철부지 신입사원 시절

김 용 운
최종직위 : 부사장 / 재직기간 : 1969~2003

1969년 7월 어느 날, 황경로 부장께서 찾으셨다. 부장실로 들어서니 " 자네 포항에 내려가서 제철소 감사 준비를 하고, 박용달 회계과장이 감사반장이니까 감사일정과 내용을 잘 듣고 준비 하도록 하라."고 말씀하셨다. 또한 "이번 감사는 우리 회사가 생긴 이래 처음 실시하는 감사이니, 철저하게 해야 한다"하고 당부하셨다.

그 해 3월 1일 입사했으니 입사 후 약 4개월여 되었을 때였다. 당시의 사무실은 명동 소재의 YWCA였는데, 거기에서 1주일간의 수습교육을 마치고 바로 5급1호봉으로 사령장을 받고 포항제철소로 발령을 받아 합숙소에서 생활하게 되었으며, 기획관리부 기획예산과에서 근무하게 되었다. 당시 포항 기획예산과에는 현영환 과장 이하 직원으로 지금은 고인이 된 정윤종씨와 차트사, 그리고 나까지 4명이었으며, 포항에서 약 3개월 근무후 다시 서울로 전근하게 되었다. 그러니 겨우 수습교육을 마친 신입사원으로서 감사를 어떻게 하는지는 당연히 몰랐었다.

회사가 창립된 지 약 15개월 정도 경과될 무렵 포항제철소는 KISA와의 협상이 계속 부진하여 제철소가 언제 착공될지 앞이 깜깜한 상태였다. 회사가 창설된 지 1년이 넘었으나 현장 직원들에게 특별히 부여된 업무도 적을 때였으므로, 직원들에게 자극을 주기 위해서도 감사는 필요했고, 감사범위도 공사가 본격적으로 진행되기 전이었으니 경비성 비용 지출에 국한하여 감사를 시행하게 되었다. 아직 주택 건설도 본격화되기 전이었으나, 영일대가 제일 먼저 건축되면서 주변 조경 사업이 활발하게 진행되던 시기였다. 나에게는 총무부의 경비 지출과 주택지구 조경 부문의 감사를 맡으라는 임부가 부여되었다.

그래서 우선 조경사업에 대한 감사에 착수하였다. 감사반장으로부터 구입된 나무들이 계약서에 기재된 내용과 일치하는지를 확인해 보라는 지시를 받았다. 즉 구입한 나무들의 크기라든지, 제대로 구입이 이루어졌는지를 확인하는 그런 감사였다. 그러나 막상 감사를 하려고 보니 나무들이 가늘고 약해서 2~3m 이상 높아 올라가서 잴 수도 없어서 궁리 끝에 수학시간에 배운 삼각측량법을 생각해냈다.

막대기를 주워다가 햇빛을 이용해서 삼각 측량을 하여 높이를 측정하고 늘어져서 잴 수 없는 나무는 햇볕의 그림자를 이용해 비례로 측량할 수밖에 없었다. 영일대 부근에는 덩굴나무 종류가 많았는데, 덩굴 나무들의 길이를 재기 위해서는 잡아 당기면서 재야 하는데 어디부터가 나무인지 뿌리인지도 모르겠고, 땅에서부터 재야 하는지 뿌리부터 재야 하는지도

초기 효자 주택단지 전경

알 수 없었으며, 나무 넓이도 나무를 모으는 방법에 따라 달라져서 도저히 재는 방법을 알 수 없었다. 전문가를 찾아 물어봐야 하는데, 당시 조경을 담당했던 원운재 씨가 대학교 선배였기 때문에 직접 물어볼 수도 없어 혼자 끙끙 앓을 수밖에 없었으며 혼자서 나무를 재는 일을 계속할 수밖에 없었다. 이렇게 며칠에 걸쳐서 나무를 잰 후, 감사반장에게 보고서를 작성해서 제출했다. 그리고 한 숨을 돌린 뒤 경비 감사를 시작했다.

그 때는 공사가 본격적으로 이루어지기 전이어서 예산도 적고 경비로 쓴 금액은 워낙 적었을 뿐더러 별로 지출 건도 없었는데, 유독 복리후생비 집행에서 특이한 것이 눈에 띄었다. 전표가 따로 있는 것도 아니었고 날짜별로 집행 내역을 수기로 기록한 장부만 가지고 있어서 장부를 보면서 감사를 하고 있었는데, 그 중 복리후생비에서 박카스를 여러 박스 구입한 것이 눈에 띄었다. 왜 복리후생비로 박카스를 샀는지 총무과에 질의를 했더니 손님들에게 대접하기 위해 구입하게 되었다는 답변을 들었다.

확인을 위해 총무과 사람들에게 사실 여부를 물었더니 몇몇 사람들로부터 의외의 대답을 들었다. 박카스는 윗분들이 마시는 것이지 손님들에게 제공하는 것이 아니라는 것이었다. 그러면 박카스 실물을 보자고 했더니 불과 몇 시간 전에 한 답변을 완전히 뒤집어 절대로 박카스를 구입한 적이 없다고 하는 것이었다. 게다가 불과 몇시간 동안에 수기로 기록해 놓았던 장부에서 박카스 구입 기록이 완전히 사라지고 오히려 나보고 무슨 박카스 이야기냐고 오리발을 내미니, 고지식한 나는 어안이 벙벙해질 수밖에 없었다. 그렇다고 그냥 넘기면 나만 바보가 될 것 같아 현영환 과장께 보고드리고 박카스 수색 작전을 펴기로 마음 먹었다. 포항 근무시에 사귄 몇 사람을 동원하여 박카스가 있는 위치를 찾기로 했다. 드디어 어느 캐비닛에 바카스가 있다는 정보가 들어왔다. 즉시 총무과로 달려가서 캐비닛을 열어 보라고 했더니 이번에는 열쇠가 없다며 완강히 거절하였다. 잠시 후 열쇠를 찾았다기에 가보았더니 캐비닛 안에는 서류만 몇 장 들어 있고 박카스는 모두 사라진 뒤였다. 나는 그냥 돌아올 수밖에 없었는데, 책상 사이에 숨겨놨다는 제보가 또 들어왔다.. 다시 총무팀에 가서 책상을 치워보자고 했으나 또 거절 당했다. 그런데 또 다른 제보가 들어왔다. 타이피스트 오일지씨 발밑에 숨겨져 있다는 것이었다. 결국 오랜 실랑이 끝에 여직원 발 밑에서 박카스를 찾아내게 되었다. 하루 종일 숨바꼭질 끝에 결국 실적을 1건 올렸으나, 이 일은 한동안 박카스 사건으로 명명되어 사원들의 입에 오르내리곤 하였다.

이후 감사는 계속되었는데, 포항제철소 전 직원이 야유회를 간 비용으로 꽤 많은 비용이 한번에 복리후생비에서 집행된 사실이 발견되었다. 그런데 야유회를 간 시점이 하필이면 내가 포항에서 근무하던 시기였는데, 내 기억에 그 시기에는 한번도 야유회를 간 적이 없었기 때문에 무슨 야유회 비용이냐고 따졌다. 총무과에서도 답변을 하기가 매우 거북한 상황이었다. 대외업무 처리를 위한 비용 마련이었다며 나를 이해시키느라 무척 애를 썼지만, 나는 도저히 이해가 되지 않아서 있는 그대로 감사할 수밖에 없었고 감사는 평행선을 그었다.

결국 나는 2건을 적발하여 감사보고서를 작성하였다. 총무과에서는 담당자는 물론 과장까지 나서서 계속 빼달라고 요청했지만 당시에는 왜 그런 부탁을 하는지, 잘못했으면 지적받는 게 당연한 것 아닌가 하고 고지식하게 생각했다. 결국 총무과에서 현영환 과장에게 말씀 드리겠다고 하였으나 현과장님 역시 "신입사원으로서 열심히 잘 했다"하고 칭찬해 주고 감사가 완전히 끝난 후에야 웃으며 말해 주었다.

"이번 감사를 통해서 자네가 많은 것을 배운 것 같다. 계속 근무하다 보면 더 많은 것을 알게 되고 타부서의 애로도 점점

이해할 때가 올 것이다."

그리고 총무과에서 부탁이 있었다고만 할 뿐 다른 말씀은 없었는데 나중에 들은 이야기로는 총무과 담당자들이 꾸지람을 많이 들었다고 한다. 감사가 거의 끝나갈 무렵, 황경로 부장께서 다시 나를 부르셨다.

"자네 나무 감사를 한 번 더 해야겠다"

"왜 그러십니까? 무엇이 잘못 됐습니까?"

"잘못된 것은 없다. 다만 자네가 포항에서 근무했기 때문에 봐 줬거나, 원운재가 선배라서 봐준 건 아닌지 감사반장이 걱정되는 모양이니까 기분 나빠하지 말고 다시 한번 재 봐라."

부장님은 계약서와 감사 결과가 거의 비슷했다는 말씀도 하시며 기분 나쁘게 생각하지 말라고 하셨지만, "저는 솔직히 기분이 좋지는 않습니다"하고 대답했고, 부장님은 "다시 잰 결과는 감사반장한테 제출하지 말고 나한테 직접 제출하라"고 하셨다. 다시 며칠 동안 가느다란 나무들과의 씨름이 계속되었다 나무는 아침, 점심, 저녁으로 잴 때마다 길이가 다 다르게 나왔으므로 몇 번을 재서 평균을 냈다. 그리고 나무 측정 보고서를 직접 부장님께 제출해 드렸다. 이틀 쯤 지나자 부장님은 기분 좋게 말했다.

"이번에 잰 거나 지난번에 잰 거나 서로 비슷하더라. 수고 많았다."

감사가 모두 끝나자 감사 내용이 취합되고 소장까지 보고한 뒤 본사로 보고하였다. 그 동안 수 차례에 걸쳐 박카스 사건과 야유회 사건을 빼달라는 부탁이 계속 됐지만, 현영환 과장은 일단 지적사항은 모두 그대로 본사에 올리도록 해 주고 황부장님께도 따로 보고를 드렸다고 했다. 그 후 최종 보고서에는 문제의 두 건이 빠졌다고 한다.

그 후, 내가 얼마나 철부지였었나 하는 것을 세월의 흐름과 함께 깨달을 수 있었다. 돌이켜 생각해보면 그때 감사가 아마도 우리 회사의 첫 감사였을 텐데, 대학을 갓 나와서 6개월도 안 된 신입사원이 감사를 하였으니 수감부서 입장에서는 아무리 이해를 시켜도 말귀를 알아듣지도 못했으니 얼마나 답답했을까.

그러나 그럼에도 불구하고 황경로 부장님은 "신입사원으로서의 임무를 다한 것이니 수고했다"며 격려해 주셨고, 그 칭찬은 이후 나의 회사생활과 사회생활에 큰 힘이 되었다. 내 사회생활의 소중한 멘토로 조용히 이끌어주신 황경로 회장님께 진심으로 감사 드린다.

청암 박태준 회장님과 포스코

김 진 주

최종직위 : 부사장 / 재직기간 : 1973~1998

나는 1973년 5월에 입사하여, 98년 3월에 퇴사하였고, 그 간의 대부분을 기획과 정책업무를 담당하였으며, 1973년 기획실 종합기획과에서 시작하여 기조실담당 부사장직을 끝으로 퇴임하였다

1973년 입사 때부터 시작하여 회장님이 돌아가신 2011년까지의 세월동안, 내가 모셨던 박태준 회장님에 대한 나의 생각을 쓰고자 한다, 자신이 모셨던 어른에 대하여 아랫사람으로 감히 무어라 말하는 것이 결례일 수도 있지만, 시간이 흐른 뒤 박회장님을 재조명할 때 객관적인 참고가 되었으면 하

여 기록하는 것이다.

박회장님에 대한 평전과 일대기 및 본인의 어록, 추모사업으로 추진되는 여러 부문에서의 회장님에 대한 많은 자료가 책으로 글로 나와 있고, 또 나오겠지만, 이는 현재에서 과거의 회장님을 보는 관점에서 쓰여지는 것이며, 내가 쓰고자 하는 짧은 글은, 언제나 현재라는 시간에서 옆에서 모셨던 입장에서, 내가 개인적으로 느끼고 깨달았던 것들이다,

회장님이 2011년 12월13일 하나님의 부름을 받아 소천하셨을 때, 이제는 그 분을 하늘나라에서 다시 뵙게 되는구나 생각하고, 다시 뵈올 때 나의 삶이 부끄럽지 않은 삶이 되기를 기원하고 있다.

내가 회사를 퇴직한 이후 박회장님을 개인적으로 뵈올 때는 어른이라는 호칭으로 말씀 드렸다. 어른을 뵐 때마다 떠오르는 것은 '창의' 와 '완벽' 이란 단어이다, 물론 단지 그 두 단어로 그분을 모두 표현할 수는 없고, 어떠한 말로서도 회장님에 대한 형상을 적확하게 표현하기는 불가능 하지만, 그래도 나는 회장님을 상징하는 가장 가까운 단어가 '창의와 완벽' 이라고 생각한다.

어른의 삶은 "짧은 인생을 영원한 조국에" "자원은 유한 창의는 무한"의 신념과 철학을 실천하시면서 나라를 위해 살다가 돌아가셨다.

"짧은 인생을 영원한 조국에"는 시간을 초월하자는 뜻이며, "자원은 유한 창의는 무한"은 공간을 초월하자는 뜻이라 생각한다,

당신께서는 과거의 시간에서 배우고, 현재의 시간을 뛰어넘어, 미래를 만들어가는 창의의 철학에서 창조하는 삶을 살다 가셨다.

포스코 자체가 창의에 의하여 창조된 것이다, 무에서 유를 창조한 것이다.

창의에 의한 창조는 천재가 하는 것이다. 그렇다고 천재가 다 창조하는 아니다. 우리 역사에서 제일의 창의자는 한글을 창제하신 세종대왕이다. 그리고 그 다음은 경제신화를 창조하신 박태준 회장님이라 생각한다.

인간은 누구나 창의력을 타고난다고 생각한다.

기독교에서 하나님은 창조의 하나님 즉 창조주라고 말한다.

우리 인간은 하나님의 형상으로 태어나서 인간도 창조자라는 것을 강조한다. 우리는 유형 무형의 많은 창의에서 나온 창조물을 알고 있다.

과학 철학 종교 예술에서 많은 발견과 발명, 새로운 사상과 논리, 새로운 종교의 탄생, 문학 미술 음악 등에서 창의에 의한 창조를 본다.

이러한 새로운 창의는 인간의 본성을 진실되게 하고 선하게 하고 아름답게 하고 우리의 삶을 풍요롭게 한다.

포스코가 있어서 우리나라 경제가 지금의 번영과 성장을 가져 왔다면, 포스코를 설립한 박태준 회장님은 창조자 이심이 확실하다. 포스코의 건설과 오늘의 성공신화에서 우리는 창의에 의한 창조를 보게 된다.

다른 하나는 완벽을 추구하는 완벽주의다.

어른의 완벽주의는 본인이 운명적으로 선택하실 수 밖에 없었던 제철산업을 철강을 통하여 나라를 성장 발전시키는 기틀로 삼아, 제철보국이라는 기치로 본인의 좌우명인 "짧은 인생을 영원한 조국에" "자원은 유한 창의는 유한"의 신념과 철학을 실천하셨다.

언제나 그 계획과정에서, 완벽한 회사가 되어야 하며, 완벽한 제철회사란 스스로가 하나의 개체가 되어, 자생적으로 발전하고 성장하여 확장되고, 환경에 적응하며 변화해야 한다는 신념을 가지고 계셨다.

초기부터 수요 예측에 의한 최적의 규모 제철소, 최신설비와 공장 배치, 철저한 공기 준수, 건설단가의 최소화, 철저한 조업준비, 원료확보, 다음 단계로 확장을 위한 조기의 사전투자, 기술개발을 위한 연구소 설립, 인원확보를 위한 주택단지와 자녀의 교육을 위한 유치원에서 고등학교의 설립과 장학재단, 대학교 설립 등.

이것이 달성되면 우리가 가지고 있는 자본 기술 경험 사람 명성을 가지고 국가 발전에 공헌하는 타 분야의 진출로 회사의 성장과 국가의 발전에 기여 한다는 철학을 실천하셨다.

본인은 국내의 기존 기업이 경영이 어려워 매각하는 것을 매입하여 회사가 성장하는 것을 탐탁하게 생각하지 않으시고, 우리가 가진 기술로서 우리나라가 뒤떨어진 분야에 진출할 계획으로, IT산업, 통신, 희귀자원, 생명공학, 에너지,

ENC 등 회사가 경영하면서 축적된 인적 기술 자본 등의 자원을 활용하여 타 분야에서 국가에 기여하는 계획으로, 오늘의 포스코를 이룩하셨다.

완벽한 계획에 의한 완벽한 건설, 완벽한 설비와 완벽한 조업에서, 완벽한 제품이 나오며, 이러한 완벽한 회사가 어른이 생각하셨던 포스코다.

어른이 돌아가시고 일주기가 되었다. 지금에 와서 새삼 떠오르는 말씀은 "나쁜 기업이 있는 것이 아니라, 나쁜 경영이 있으며, 나쁜 경영이 있는 것이 아니라 나쁜 경영자가 있다."는 것이다. 내가 회장님에게서 배운 경영수칙 제1조이다.

어른을 추모하며, 우리 후배들이 언제나 스스로 자기를 되돌아보면서, 발전하고 성장하기를 기원한다,

설비 확장기의 조직관리

문 장 엽
최종직위 : 이사보(부소장)/ 재직기간 : 1971~1994

입사와 보직

1971년 입사하여 수습기간을 마치고 내가 처음으로 부서 배치를 받은 곳은 자재부 자재과였다. 허허벌판 위의 창고 건물 안에 야전사령부처럼 덩그라니 있었던 자재부 사무실이 지금도 눈앞에 선하다.

그로부터 3년여 후 서울 판매부로 발령이 나서 약 1년여 근무하다가 75년 초에 조직개발실 조직제도과로 발령받아 다시금 포항으로 내려가게 되었으며, 78년에는 조직제도과장으로 보직을 받았다.

조직 및 업무분장 관리

그러나 그 시기는 3기설비가 마무리되어가는 한편, 4기설비가 시작되는 시점이었기 때문에 나로서는 참으로 힘든 시기였다. 설비확장에 맞추어 조직을 늘리면 되는데 무엇이 어려우냐고 반문 할 수도 있겠지만, 기존 조직을 통합하여 대부대과(大部大課) 주의로 나가면서 신설비의 조직을 늘려야 했기 때문에 결코 쉬운 일은 아니었다.

조직개편 작업을 위하여 각 부서별로 개편안을 요청하면 하나같이 전부 늘려 올뿐 줄여오는 부서는 한 곳도 없었다. 조강년산 103 만톤에서 260 만톤, 550 만톤을 거쳐 종합준공시까지 설비는 기하급수적으로 확장되어 갔고, 종합준공에 대비하여 조직 통합의 이점을 살리려고 애를 많이 썼지만 그때마다 현장의 거부감과 직면하게 되었다.

1고로공장과 2고로공장을 합쳐서 1제선공장으로, 1코크스공장과 화성공장을 합쳐서 1코크스공장으로 등등 합쳐놓으면 공장장과 계장 자리가 우수수 날아가 버리니 현장의 거부감도 이해할 만 하였다. 그러나 회사 조직발전계획 목표의 달성이라는 큰 과제를 위해서는 이같은 현장의 거부감을 반드시

해소시켜야만 했다.

어떤 때는 조직개편을 시행하고 나서 하루 이틀씩 자리를 비운 적도 있었다.

현장에서 한다는 소리가, "공장을 무리하게 통폐합하다가 조업중 설비관리가 제대로 안되어 사고라도 나면 당신이 책임 지겠는가?" 라고 말하는 것이었다. 나는 그 소리를 듣는 순간 아찔하였고, 한동안 일이 손에 잡히지 않았다.

또한, 조직(업무분장)을 세분화하다 보니 부서간에 서로 미루며 업무를 회피하거나 부서끼리 다투는 사례가 많아져서 참으로 고민이었다. 현장의 업무 분장에 대한 유권해석 의뢰에 소비한 시간도 많았다. 조업부서와 정비부서간의 다툼이라면 그래도 이해할 만도 하지만, 부장(部長) 선에서 컨트롤하지 못하고 공장(課)간의 유권해석 의뢰를 내는 한심한 경우도 있었다.

그래서 유권해석 의뢰 사례를 모아 두었다가 차기 조직개편 때 싸우는 부서끼리 조직 통폐합의 자료로 활용한 적도 있었다. 그와 같은 내 생각은 의외로 맞아 떨어졌다. 조직을 세분한다고 해서 업무의 전문성이 비례해서 올라가는 것은 아니었던 것이다.

조직을 합치니까 처음에는 아우성이 났지만, 시간이 지나자 조용해지면서 잘해나가는 경우도 많이 보았던 것이다…

하기식과 사명감

포스코 근무시절의 일들 중 지금 생각나는 것 중의 하나는 업무 종료 시간에 맞추어 전부 일어서서 국기를 향하여 하기식을 하던 일이다. 그렇다고 해서 하기식이 끝나면 바로 퇴근하는 것도 아니고, 저녁식사를 간단히 때우고는 다시 주저앉아서 야근을 밥 먹듯 했지만 지금 생각하면 제철보국과 조국근대화라는 사명감을 가지고 일했던 그 시절이 좋았던 것 같다. 회사 사가(社歌) 중의 "조국근대화"구절이 생각난다.

끓어라 용광로여 "조국근대화"
줄기차게 이어가는 장엄한 심장
겨레의 슬기와 의지를 모아
………………중흥의 원동력되자
내일의 풍요한 조국건설에
내일의 풍요한 조국건설에
기적을 이룩하는 포항종합제철

불러본 지가 오래 되어서 가사가 전부 기억이 안 나는 것이 안타깝다. 다음에 모일 때에는 과거를 회상하면서 함께 불러 보면 그 감회가 어떠할까?

맺는 말

지난 9월 4일 황경로 회장님께서 옛 사우(社友)들을 초청해 주셔서 다시 한번 감사 드리며 회장님의 건강한 모습이 보기에 좋았는데, 앞으로도 계속 건강하셔서 우리들을 이끌어 주시기 바라는 마음 간절하다.

끝으로, 회사 현황을 보고 받으면서 지금의 경영환경이 참 어려운 시기라고 느껴졌고, S&P에 이어 최근에는 무디스도 포스코의 신용등급을 B등급으로 강등시키고 향후 전망도 부정적으로 결정하였다고 하니 포스코 OB의 일원으로서 정말 걱정이 아닐 수 없다. 창업초기 제철보국의 사명감이 절실하게 필요한 시기라고 생각된다.

그날의 반박 성명을 하룻밤만 묵혔더라면?

박 득 표

최종직위 : 대표이사 사장 / 재직기간 : 1968~1993

1992년 10월 초순이었다. 박태준 회장이 사전에 한마디 언질도 없이, 나로서는 전혀 예상하지 못했던 인사 발령을 냈다. 황경로 부회장을 회장으로, 정명식 사장을 부회장으로, 수석부사장인 나를 사장으로 각각 승진시키는 내용이었다. 더구나 10월은 임원 인사시기도 아니었다. 그로부터 몇 달 사이에 현실로 나타나게 되었지만, 그것은 포스코 창업 24년여 만의 대격변을 예고하는 신호탄이나 다름없었다.

1992년 10월 3일. 그해 개천절 무렵은 박태준 회장에게나 포스코에게나 매우 특별한 시간이었다. 광양제철소 4기 설비를 준공함으로써 10월 2일 광양제철소 종합운동장에서는 〈포항제철 4반세기 대역사 종합준공〉의 성대한 의식이 열렸다. 그날 그 자리가 박 회장 개인에게는 명실상부하게 '세계의 철강왕'에 등극하는 자리였다. 그러나 그분은 바로 이틀날 앞에 말했다시피 회장, 부회장, 사장 인사발령을 내고 서울 현충원 국립묘지의 박정희 대통령 유택을 찾아가 '임무완수의 영전 보고'를 올렸다. 그날의 보고에는 "저는 이제 대임을 성공적으로 마쳤습니다."라는 말을 포함하고 있었다. 그때 이미 박 회장은 '포항제철 회장' 자리에서 스스로 물러나겠다는 결심을 세우고 있었는지도 모르겠다.

그해 가을, 포항제철의 내부 사정은 대풍에 다가서는 가을날씨만큼이나 쾌청하고 풍요로웠다. 설비증설을 마쳐서 24년 동안이나 지속해온 '건설과 조업의 병행시대'에서 건설부문을 쉬게 되니 회사 자금이나 매출이나 영업이익이 최고의 시기를 향해 치닫고 있었으며, 1987년에 등장한 투쟁적인 노조도 조합원이 급감하고 회사에 호의적인 쪽으로 변하고 있었다.

그러나 국가적으로는 혼란스러운 시기였다. 대통령선거가 온 나라의 이목을 집중시키고 있었던 것이다. 그때 박태준 회장은 여당(민자당)에서 탈당할 의사를 표명한 가운데 정계은

퇴를 심각하게 고려하는 중이었다. 박 회장은 1990년 1월 노태우 대통령의 강력한 요청에 의해 당시의 여당인 민정당 대표위원이 되었다가 곧이어 노태우, 김영삼, 김종필 씨의 3당이 합당한 민자당이 탄생하면서 여당 최고위원이 되었으며, 1992년에는 여당 대통령후보가 될 생각을 품기도 했으나 처음의 언질과 달리 노 대통령이 YS를 지지하게 됨으로써 그해 9월 들어서는 이미 대망을 깨끗이 접고 있었다.

부산 출신인 나는 마침 YS의 핵심참모들과 인연이 깊은 관계였다. 최형우, 박관용, 신상우, 서석제 의원 등이 그들로서, 나에게는 오래되고 계속 관계를 맺어온 '허물없는 친구들' 이었다. 만약 박 회장과 YS가 손을 잡고 어떤 큰일을 도모할 경우에는 내가 할 일도 그만큼 많아질 것이라고 생각했다.

그러나 회장님은 서울을 떠나 광양 아니면 포항에 머무르고 있었다. 정치와 멀리하겠다는 표현이기도 했다. 불과 닷새만이었다. 그러니까 10월 10일이었다. 김영삼 민자당 대통령후보가 전격적으로 광양까지 내려왔다. 오전 10시부터 광양제철소 영빈관에서 이른바 '김영삼과 박태준의 독대 담판' 이 이루어졌다.

정치부 기자들과 정치권의 관심은 광양에 집중되었다. 그러나 두 분의 단독회담은 끝내 결렬되고 말았다. 간단히 말하면, 김 후보가 박 회장에게 탈당하지 말고 당에 남아서 선거캠프의 '명예선대위원장'을 맡아줄 것을 부탁했으나 박 회장이 거절한 것이었다. 그분은 민자당을 떠나되 다른 당에는 결코 가지 않을 것이라고 약속한 모양이었다. 그러니까 당신의 선거를 돕지도 않겠지만 방해하지도 않겠다는 약속이었다. 그날 언론에는 "박 최고위원과 나는 인간적인 관계에 있어 어디까지나 과거보다 가깝게 서로 의논하고 협조하기로 했다"는 김 후보의 말이 보도되었고, 정주영 현대 회장의 신당에 참여할 것이냐는 질문에 대한 박 회장의 "나는 절대 거기에 끼이지 않을 것"라는 대답도 보도되었다.

단독회담이 결렬된 바로 그날 오후였다. 헬기를 타고 포항으로 날아온 박태준 회장이 나를 호출했다. 효자동의 A동(박회장이 처음부터 써온 조그만 숙소)에는 그분 혼자서 기다리고 있었다. 평소와 다름없는 표정으로 단독회담 결렬에 대해 간략히 알려줬다.

"민자당을 탈당하고, 선대위원장을 맡지 않기로 했어. 또, 나는 당신이 대통령되는 데 도움을 주지 못할 것이지만 방해도 안 하겠다고 했어."

그리고 그분은 잠시 뜸을 뒀다가 나를 부른 이유를 밝혔다.

"포항제철에는 당신의 핵심참모들과 가까운 박득표 사장이 있다는 것을 알려줬으니, 도와줄 일이 있으면 책임지고 도와줘."

나는 참 답답했다. 조금만 휘어지시면 참 편안하게 경영에 전념하실 수 있을 것을. 이런 마음이 일어났다. 또한 3당 합당이 된 상황에서 YS가 대통령 후보가 되고 YS가 대통령에 당설될 것이 확실한데 왜 이러시나. 이런 생각도 들었다. 그래서 가만 있지 못했다.

"YS가 대통령에 당선될 가능성이 확실해 보이는데, 회사를 위해서라도 선대위원장을 맡아주시지, 왜 거절하셨습니까?"

내 목소리와 표정은 어느 정도의 원망도 묻은 것이었다. 그러나 그분은 아주 편안하게 대답했다.

"너도 알다시피 나는 거짓말을 못하지 않느냐. 나는 3당 합당 후에 YS, JP와 같이 일할 기회가 자주 있었는데, 그걸 통해서 YS가 대통령이 되면 안 된다는 생각을 하게 됐어. YS가 되면 나라가 어려운 상황에 처할 수도 있게 될 거야. 이런 내가 내 한 표 찍어주는 것이야 별 문제가 아니지만 선대위원장이 되면 전국에 다니면서 YS가 대통령이 돼야 한다고 외쳐야 하는데, 그런 거짓말을 어떻게 하겠나?"

가만히 듣고만 있는 나에게 그분이 결론처럼 말을 맺었다.

"나는 박정희 대통령으로부터 부여받은 철강건설의 임무를 완료했어."

그 말은 내 가슴에 깊이 박혔다. 앞으로 어떤 상황이 닥쳐오든 모든 것을 다 각오하고 있다는 결연한 말씀으로 들려온 것이었다.

20년 전의 그해 대선은 가을이 깊어가고 날이 추워질수록 김영삼, 김대중, 정주영 세 후보의 3파전으로 굳어져갔다. 특히 현대그룹을 배경으로 하는 정주영 후보의 세력이 만만찮게 부각했다. 그것은 김영삼 후보의 표를 잠식한다는 뜻이었다. 선거운동은 죽기 살기의 싸움판과 같은 형세로 험악한 분위기였다. 그때 박태준 회장은 조용히 해외에 나가 있었는데, 정주영 후보측에서 박태준 회장이 자신을 밀고 있다는 소문을 흘렸다. 사실무근이었지만 박 회장과 YS의 담판결렬을 기억하는 기자들에게 그것은 그럴싸해 보이는 설(說)이어서 언론에 사실처럼 보도되기도 하고, 유권자들 중에는 그것을 그대로 믿는 사람도 적지 않았다.

그런 와중에 11월 중순에는 국민당 정주영 후보의 특보라는 사람이 도쿄에 머무는 박태준 회장을 찾아가 정 후보의 친서를 전달했다는 보도가 나왔다. 박 회장은 "나는 국민당에 입당하지 않는다"는 뜻을 거듭 명백히 밝혔다. 그러나 진실은 묻혀 버렸다. 그래서 김영삼 후보 쪽에서도 오사카에 머무는 박 회장을 찾아갔다. 11월 26일, 회장님과 가까운 정 모의원이었다. 정 의원은 박 회장과 막역한 사이였다. 정 의원은 박 회장에게 YS 앞으로 보내는 '인간적인 친서'를 원했다. 그 부탁을 받은 그분은 정 의원에게 "국민당에서 자꾸 거짓말을 하니까 내가 광양에서 한 약속을 어길까봐 그러는구나." 하고는 편지를 썼다. YS의 호인 '거산(巨山) 형'으로 시작되는 그 편지는 선전과 승리를 바라고 광양에서 확인한 우정을 잊지 말자는, 대단히 인간적인 안부와 덕담의 글이었다.

그런데 선거 막바지에 이르러 YS캠프를 대단히 곤혹스럽게 만드는 대형 악재가 터졌다. 이른바 '부산 초원복집' 사건이었다. 부산지역의 주요 기관장들이 그 식당에 모여 'YS 지원'을 모의했다는 사실이 만천하에 공개된 것이었다. 당황한 YS캠프는, 호재가 될 만한 것이면 무엇이든 내놓아야 한다고 판단했을까?

12월 17일, 대선 투표일 하루 전이었다. 나는 포항에서 티타임을 마치고 사무실에 앉아 있었다. 뜻밖에 YS캠프의 홍보책임을 맡고 있는 박관용 의원의 전화가 걸려왔다. 선거상황이 심각해서 오늘 부득이 박태준 회장의 사신을 양해 없이 공개했으니 내가 잘 수습해 달라는 부탁이었다.

나는 아찔했다. 누구 못잖게 박태준 회장의 성격을 잘 아는 나는 얼른 대책이 서지 않았다. 그날 그분은 홍콩에 머무르고 있었다. 투표일엔 18일에 귀국하여 투표한 다음, 그날로 국회의원직을 스스로 반납하고 정계를 완전히 떠난다는 결심을 굳힌 상태였다. 사신 공개에 대한 그분의 분노는 두 가지일 것이었다. 첫째는 절대로 공개하지 않겠다고 했던 약속 파기에 대한 분노, 둘째는 단순한 위로와 덕담이 비밀리에 굴복했던 것처럼 비칠 수밖에 없는 상황에 대한 분노.

그러나 어차피 홍콩으로 알릴 수밖에 없는 중대 현안이었다. 서울에 있는 김덕윤 비서부장이 홍콩에 계신 회장님께 어떻게 보고하면 좋겠느냐는 문의가 왔다. 나는 석간신문 스크랩을 팩스로 보내는 것이 좋겠다고 했다.

과연 박 회장의 분노는 내가 짐작한 것을 초월하는 것이었다. 보고를 받은 그분은 손수 '반박성명' 을 작성하여 전화로 이대공 부사장에게 불러주고 즉시 언론에 보내라는 엄명을 내렸다. 반박성명의 내용은 '안부 사신을 본인의 양해 없이 정치적으로 이용한 것' 에 대한 강한 불만이었다.

반박성명을 본 나는 고민에 빠졌다. 내가 그것을 하룻밤만 묵혀 버리면 영원히 세상에는 알려질 기회가 없어지고, 그러면 YS의 분노를 사지 않을 것이다. 그러나 내가 평생 모셔온 분의 자존심이 걸린 엄명을 거절할 수 있겠는가. 결국 나는 반박성명을 언론에 보내라고 결정했다. 그것은 12월 18일, 대선 투표일 당일에 신문마다 대서특필이 되었다. 이날 YS캠프에는 다시 한 번 주먹을 쥐는 소리들이 났다고 한다. 결코 가만두지 않겠다는 것이었다. 광양 단독회담의 결렬 당시에 생겨난 분개에 이빨과 날개가 생기는 시간이었다.

그날로부터 어느덧 20년 세월이 흘러갔다. 박태준 회장이 세상을 떠나신 지도 어느덧 1년이 다 지났다. 그때 반박성명을 언론에 보낸 것이 과연 현명한 선택이었는가? 나는 지금도 확신이 서지 않는다. 그것을 덮어두었더라도 박태준 명예회장, 황경로 회장 그리고 나를 포함한 몇 사람은 회사를 떠나야 했겠지만, 박 회장의 해외망명을 비롯한 혹독했던 정치적 보복은 면할 수 있지 않았을까? 물론 이것도 확신은 서지 않는다.

1993년 2월 18일 김영삼 대통령이 취임했다. 그 며칠 전인 2월 14일부터 이미 국세청에서 포항제철 세무조사를 시작했다. 5년마다 하는 정기세무조사라고 했지만 나는 전혀 성격이 다른 차원, 다시 말해 정치적 보복의 칼날이 들어왔다는 것을 직감적으로 알아차렸다. 그 때는 철없는 아이와 같은 하소연이라도 하고 싶었다. "선대위원장은 자기가 싫으면 안할 수 있는 것이고, 사신을 양해 없이 정치와 선거에 악용한 것은 당신들의 잘못인 것이고, 박 회장은 약속을 잘 이행한 것인데, 왜들 이러느냐?" 그러나 그 말은 사석에서 할 수 있는 것이었다.

다시 생각해 본다. 만약 20년 전 박태준 회장의 그 반박성명을 내가 묵혔더라면, 이튿날 귀국한 그분에게 큰 질책을 받았을 테지만, 그토록 가혹했던 YS의 정치적 보복만은 어느 정도 예방할 수 있지 않았을까? 내 인생에서 영원히 풀지 못할 수수께끼 같은 문제이다.

포항제철소 편의시설 환경개선

박 종 국
최종직위 : 이사보 / 재직기간 : 1973~1995

이 태 구
최종직위 :투자사업실장 / 재직기간 : 1969~2003

포항제철소의 조강연산 910만톤 생산체제 4기설비 준공과 더불어 광양제철소 1기설비 건설공사의 부지조성 및 연약지반 개량 등 토목공사가 본격 추진되던 1985년초의 일이다.

제법 쌀쌀한 일요일 아침 이른 시간에 포항효자주택 A동 관사 근무자로부터 박태준 회장님의 호출명령을 받아 당시 회사의 예산 총괄관리 실무책임자로서 평소 생각하지도 상상하지도 못한 포항제철소의 공장 및 편의시설 환경개선 즉 '포항제철소 공장쇄신계획'을 회사의 예산총괄 담당부서 책임 주도하에 공장 및 지원시설의 파손, 누수, 누유, 누전부분을 일체 점검하고 화장실과 목욕탕 등 후생복지시설의 불량부분도 조사하여 보수계획을 수립하여 임원회의에 보고한 후 설계와 시공감독까지 직접 주관하라는 업무지시를 받았다.

나는 회사예산담당 총괄관리 실무책임자로서 당시 관리실 전직원 60여명에게 카메라를 지참하고 즉시 사무실로 집합시켜 놓고 선강, 압연군으로 구분하여 일요일 밤늦게까지 포항제철소 현장을 점검하게 한 뒤 불량개소에 대하여는 사진도 촬영토록 하였다. 그리고 불량개소에 대해서는 공장 및 설비와 후생편의 시설물로 구분하고 공장 및 설비에 대하여는 파손 누수 누유 누전부분에 대한 정비 및 보수 계획을 수립하고 후생편의물에 대하여는 전면적인 개보수를 추진하여 질적인 향상을 도모하는 레벨 업 계획을 수립하였다. 당시 회사의 화장실내에 공기가 잘 배출되지 못하여 악취가 심하였고 화장실 내부의 타일도 조잡한 저급제품으로 시공되어 있어 외국손님에게 민망하기가 여러 번이었다. 목욕탕의 샤워기는 이용인원에 비해 절대적으로 부족하고 탈의장과 화장대는 많은 인원이 이용하기에 턱없이 부족하여 전쟁터를 방불케 할 정도였다. 이러한 후생편의시설의 수준을 오늘날과 같은 수준의 보수계획을 수립하여 관련부서 협조를 받아 개선조치계획의 실행을 착수하여 약10개월 만에 완료하였다.

박태준 회장님께서는 우리나라 국민들이 옛날부터 개인가정에 목욕탕을 갖지 못하였으며 특히 남의 집을 방문했을 때 부엌의 주방과 화장실만 들여다보면 그 집안의 생활 및 청결 수준을 알 수 있으며 가끔 낯 뜨거운 장면을 보기도 하였다고 강조하신 바도 있었다. 결국 직원들의 주거환경이 깨끗하여야 몸가짐도 단정해지고 공장도 청결하게 유지되며 따라서 좋은 품질의 제품도 잘 만들 수 있다는 우리 주변의 일상생활 철학을 조업과 경영관리에 연계하셨다.

뒤돌아보면 박태준 회장님의 청결경영철학은 21세기 글로벌시대에 적합하게 적용될 수 있음을 보여준 한 사례라 하겠으며 시대에 한발 앞서 국민생활의 질 향상에 선도적인 역할을 하심으로써 국제적인 큰 행사인 IMF총회, 86아시안게임, 88올림픽, IISI총회 등을 성공적으로 마무리하는데 바탕이 되었다. 행사 자체의 성공 여부도 중요하지만 우리나라와 우리 회사의 주거문화와 청결에 대하여 아주 좋은 인상을 주게 됨을 강조하신 것이라 하겠다.

당시 회사는 1973년 포항제철소 1기설비 준공 이후 조업과 설비확장을 병행 추진 하여 조강 103만톤에서 960만톤으로 증강하는 4기2차 설비확장사업을 추진하고 있었다. 회사는 1

기설비 건설시 부족자금 18억불의 차관을 도입하여 건설하고 계속되는 설비확장에 필요한 건설자금은 상당부분을 차관과 차입금에 의존하여 충당하였다. 따라서 직원들의 후생편의시설 투자에 눈길조차 줄 수 없는 상황에서 이러한 발상의 전환은 박태준 회장님만이 할 수 있었던 것이라 하겠다. 설비확장에 필요한 건설자금 조달과 기존의 차관과 차입금의 원리금 상환의 압박 속에 회사의 예산관리는 타이트한 관리를 벗어나 마른수건도 쥐어짜는 초긴축 예산관리의 연속이었다. 한편에서는 예산관리가 너무 타이트하여 건설과 조업에 지장이 많다는 최고경영층과 현업부서장의 질책이 있었지만 예산관리 실무책임과장의 어려움을 이해해주는 목소리에 힘을 얻기도 하였다. 그러나 오늘날의 포스코로 성장하기까지에는 예산 총괄부서의 역할도 크게 한몫 했음을 부정할 수 없으며 그것으로 자부심을 갖는다.

최근 국내 20대 그룹의 최고경영자와 전략 및 재무책임자들은 내년도 경기가 금년보다 더욱 나빠질 것으로 전망하는 경우가 45%를 차지하고 있어 현재의 경기 침체현상이 계속될 것으로 보인다. 그간 정부나 포스코도 긴축예산을 편성하고 재정건실화를 외쳐왔지만 재무건전성은 회복되지 못하고 오히려 신용등급은 강등되고 있어 안타까움이 더해진다. 이와 같이 어려운 시기에 위기를 극복하여 세계제일의 제철회사로 지속 유지하기 위해서는 군살을 빼야겠지만 임직원들의 대동단결과 위기를 기회로 삼아 더욱 빛을 발휘할 수 있는 임직원의 강한 주인의식과 상하간, 조직간에 상호 신뢰할 수 있는 분위기를 조성하고 역량을 다짐으로써 포스코의 새로운 미래를 만들어 갈 수 있으리라 생각된다.

초기 4년간의 기획관리부 경험

박 종 일
최종직위 : 전무이사 / 재직기간 : 1970~1998

1969년 대학 4학년말 대학원 친구의 졸업논문 『한국 철강공업의 현황과 전망』 작성을 도왔던 인연으로 철강산업에 대하여 커다란 관심을 갖게 된 나는 당시 포항종합제철㈜의 제2기 공채 모집에 응시하며 내 사회인생의 막을 열었다.

1970년 3월 1일 정식 발령을 받았으나 실제로는 3개월 전인 1969년 12月부터 사전근무 형식으로 출근했으며, 기획관리부 예산과에 배치되었다.

당시 회사의 예산은 건설기간 중이어서 공사예산 편성으로 바빴다. 예산 편성에는 직접 참여하지 못하고 편성 자료를 정서하는 일을 했으나 글씨도 악필이고 성격도 성급하여 이서 과정에서 오자 탈자를 많이 내는 바람에 오히려 도움이 되지 못하여 오래 있지 못하고 관리제도과로 추방(?)되었다가 기획담당과로 보직을 받았다.

입사 초기에 경험했던 일은 세월도 오래된 데다 당시의 기록을 갖고 있지 않아서 기억이 확실하지 못하다. 다만 포항제철이 일찍이 우리나라가 경험하지 못한 막중한 사업을 추진하고 있었던 관계로 모든 부서의 업무가 모두 생소하고 정부관리 아래 있어서 더욱 어려웠던 것이라고 생각된다. 따라서 회사의 모든 업무가 보다 완벽을 기하기 위해 창조적이고 역동적인 것일 수밖에 없었다. 그러한 구조적 환경 아래 경험했던 많은 일들은 나의 조직생활 초기부터 매우 긍정적인 도움을 주었다고 믿는다.

기획관리부 근무 4년간 주요 업무를 유형별로 살펴보면,

첫째, 장기사업계획서 작성으로 우리나라 정부의 연도별 투자자금과 대일 청구권 유무상 자금의 연도별 배정을 위한 일본정부 제출용 사업계획서였다. 당시 사수였던 장무희 사원이 급성간염으로 고생하고 이직한 후 1971년 제2기 사업계획서의 작성을 인계 받았다.

대학에서 제2전공으로 배운 회계학 기초실력으로 회계실무 경험도 없이 장기 사업계획의 추정재무제표를 작성하는 것은 지금 생각해도 자부심이 대단한 것이었다. 당시 기획담당과는 김학모 과장과 기술직 1명, 관리직인 나까지 3명 뿐이었으며, 기술직인 김종석 사원은 금속 전공자로서 나와 동갑이고 한국철강㈜에서 근무경험이 있었던 사람으로 제조원가 편성을 담당했다.

나는 투자, 건설, 구매, 자금 등 제반 예산을 관련부서의 협조를 받아 편성했다.

기억으로는 당시 기계식 계산기에 의존했기 때문에 작성기간이 거의 3개월 정도나 소요되었으며, 장기 사업계획 작성 경험은 그 후 모든 회사업무 수행에 있어 자신감을 갖게 된 동기가 되었다.

당시 세계은행(IBRD)의 자금 사용 가능성을 고려하여 별도로 사업계획의 내부수익율(Internal Rate of Return)도 산출하였다.

요즈음은 Computer로 산출공식을 적용하여 쉽게 계산할 수 있으나 그때는 2개의 예상 현가율을 적용 수작업으로 계산하여 그 중간 가격으로 결정하였다.

13% 약간 상회하였던 것으로 기억된다.

사업계획서는 일본 정부 설명을 위해 영문으로도 번역되었는데, 당시 김철녕 차장의 일본정부 방문 일정에 맞추지 못하여 방문자가 먼저 출발하고 다음 비행기로 사업계획서를 공수하는 소동이 벌어졌다.

작업 마지막 기간 나는 거의 3일을 집에 못 가고 철야했는데 아무 말 없이 지켜보던 차장님이 지금도 기억난다. 나로서는 그 침묵이 대단히 고맙고 죄송스러웠다.

둘째, 부장회의록 작성

부장회의는 임원회의에 버금가는 회의로 주1회 본사 주재 부장님들이 각부의 주요 현안에 관하여 협의하는 회의였으며, 나는 협의 결과를 회의록(갱지 4절 규격용지 1~2매 이내)에 요약 정리하여 박태준 사장님에게까지 보고하는 일이었다. 입사 1년 미만 경력으로 각부서 주요업무 협의내용을 파악하고 요약 정리하는 것은 쉬운 일이 아니었다.

회의록의 결재는 작성자에게 가장 부담스러운 순간인데, 부장님은 내용요약이 잘못된 곳이 많아도 아무 말 없이 두 줄을 긋고 만년필로 정정한 뒤 결재 사인을 하셨다. 나는 정정 개수가 많아서 도저히 사장까지 결재 올리기가 민망한 경우에는 다시 작성하곤 했는데, 그 때도 부장님은 아무 말씀 않고 다시 결재해 주셨다.

부하직원을 이해하고 감동을 주는 관리지도 능력을 그 때 실제 보고 느끼면서 그것은 이후 나의 조직생활에 커다란 가르침이 되었다.

그 외에도 나는 건설 진도현황에 관한 청와대 보고를 비롯하여 대정부 업무보고, 국정감사 설명자료(슬라이드) 준비 등 나름대로 보람찬 업무를 담당했던 기억이 생생하다. 그 같은 경험은 그 후 황경로 상무이사님의 배려로 원료부로 전보된 뒤 외자구매, 미국 석탄광 개발업무, 경영조사, 투자관리, 정책, 재무본부장 등 여러 부문의 업무를 원활하게 수행할 수 있었던 원동력이 되었다고 믿는다.

第1高爐 설비계획과 전기강판 프로젝트

박 준 민

최종직위 : 경영정책실보좌역/ 재직기간 : 1968~1983

포항제철소 제1고로 제1대 설비계획

1967년 12월이었던 것으로 기억하는데 포항종합제철 입사 시험 당시, 나는 압연 담당으로 지원을 하여 합격한 후 그 다음해 4월 1일 회사가 정식으로 출범할 때에도 압연담당으로 사령장을 받았다. 대학을 졸업하고 첫 직장이었던 당시 인천중공업(현재 현대제철 인천공장)의 제판과(판압연공장)에서 근무한 경험이 있었기 때문이다.

그런데 얼마 지나지 않아서 제선(製銑) 담당이었던 대학 동기가 회사를 떠나게 되어 이 자리가 공석이 되자, 대학의 은

사인 윤동석 전무님께서 나에게 제선 담당으로 옮기는 것이 어떻겠느냐고 하시기에, 한국에서 처음으로 본격적인 선진 고로를 건설하겠다는 생각으로 그분의 제의를 수락하여 제선 담당이 되었다.

하지만 실제로는 고로를 본 적도 없이 제선담당 기술자가 되었으니, 1968년 5월에 KISA 회원사와의 회의차 미국으로 가기 전에 먼저 일본에 들러서 제철소를 본 뒤에 미국으로 가라는 박태준 사장님의 지시로 일본의 당시 후지제철 무로란 제철소를 견학하게 되었다. 그런데 초짜들이 무엇을 알겠나 싶어서인지 아니면 진정한 선의로 우리 포항제철소 건설을 반겨서인지, 설명도 친절하게 잘 해 주었고 또한 사진도 제한

완공된 포항제철소 제1고로공장

없이 찍어도 좋다는 허락을 받아, 초보자로서는 정말로 많은 공부가 되었다.

그러나 KISA와의 본 프로젝트 추진이 차관 조달이 여의치 않아서 69년 9월에 해지되자, 일본의 Japan Group 제철3사(富士製鐵, 八幡製鐵, 日本鋼管)와 기술용역계약을 체결하고 103만 톤 규모의 제철소 건설을 위한 기술지원을 의뢰하게 되었다.

당시 나의 Counter Part였던 일본 인사들로는 원료의 今井(후에 新日本製鐵 會長 역임)과 고로(高爐)의 孤崎(후에 新日本製鐵 생산관리부장역임, 타계) 등이 있었는데, 고로 설비 사양 협의를 하는 과정에 원료저장조(原料貯藏槽)의 지붕이 없는 것을 발견하게 되었다.

그래서 원료저장소에 지붕이 없으면 장마철에 비가 들이쳐서 특히 코크스의 수분이 높아지게 되어 고로노황(高爐爐況)에 악영향을 미칠 것이므로 지붕은 씌워야 하겠다고 제안했더니, 일본측의 말이 돈을 벌면 그 때 가서 지붕을 씌워도 된다는 대답이었다. 요즘의 포스코 설비 엔지니어로서는 상상도 못할 일일 것이다.

내가 호주의 시드니에서 근무할 때 들은 이야기가 있었다.

한국계 은행이 뉴욕에 지점을 개설하면, 임대료가 비싼 곳에 사무실을 얻고 인테리어도 번듯하게 하는데 반해서, 중국계 은행은 임차료가 싼 곳에 열고 사무실 내부도 검소하게 하고 영업을 하는데, 돈은 중국계 은행이 번다는 것이었다.

내가 포스코개발 사장 재임 당시 이집트의 철강공장 프로젝트 입찰에 참여하여 최저 가격을 제시하였음에도 불구하고 발주처에서 계약을 주저하고 있을 때, 이집트에서 가서 발주처 책임자를 만나 계약체결을 진행하지 않는 이유를 물었더니, 우리가 Second Lowest Bidder(Voest사) 보다 회사의 역사가 짧아서 우리의 기술이 그 회사보다 못할 것으로 생각하여 Voest사와 계약을 추진할 것을 고려중이라는 대답이었다.

그래서 나는 "역사의 길이로 따지자면 세계에서 이집트가 가장 역사가 긴 나라 중의 하나이므로 이집트의 기술이 가장 좋을 것이 아니겠느냐, 그리고 기술 중에서도 돈을 버는 기술이 가장 좋은 기술이라고 생각하는데, 포스코는 창업 이래로 적자를 낸 해가 한번도 없으니 우리의 기술이 Voest보다 낫지 않겠느냐?"고 반론을 제기한 적이 있었다. 그 후에 여러 가지 우여 곡절 끝에 결국 수주(受注)에 성공하였지만…그러므로 진정으로 값어치가 있는 기술은 결론적으로 돈을 잘 벌어들여서 회사를 오랫동안 유지해 가는 것이 고객에 대한 최고의 신의(信義)이자 으뜸 기술이라고 생각된다.

전기강판 프로젝트

1970년대 중반 무렵 국내 전기 전자공업(電氣電子工業)의 발전으로 전기강판의 수요가 증가함에 따라 국내 생산의 필요성이 대두하게 되었다.

지금도 기억하고 있지만, 74년 말 일본의 열연코일 수출가격이 톤당 $270 미만이었는데, 전기강판을 사방 1cm 정도로 절단, 적층(積層)하여 전선으로 감고 나서 열처리한 전자 부품의 가격이 kg당 $4.50 였으니 톤당 $4,500로 무려 열연코일 가격의 16배가 되는 셈이었다.

나는 당시의 인천중공업에서 극히 초보적인 방법으로 전기강판(열간압연)이라는 것을 만들어 본 매우 짧은 경험만으로 전기강판 프로젝트에 도전하기로 하고 포항제철소 제3기 계획에 전기강판공장을 포함시켜 이사회의 승인을 받았다.

그러나 우리는 제대로 된 기술이 없으니 기술을 제공할 대상을 찾기 위하여 당시 이상수(李尙秀) 부장님과 함께 미국으로 출장을 가서, 우선 전기강판 제조의 원조격(元祖格)으로 신일본제철에도 기술을 제공한 ARMCO Steel을 방문하고 기술제공과 관련된 사항을 협의하였는데, 전제사항이 ARMCO의 기술이 제공된 국가에는 우리가 생산한 전기강판의 수출이 불가하다는 것이었다.

그래서 다시 찾아 본 곳이 Pensylvania주에 있는 Allegheny Ludlum Steel로서 이 곳의 기술은 ARMCO보다는 뒤쳐지지만, 우리가 만드는 제품의 수출에 제한이 없어서 이 회사로부터 기술을 도입할 것을 건의하여 승인 받았다.

전기강판 사업계획은 제대로 된 전기강판공장을 본 일도 없이 상상력을 동원하여 작성하였는데, 미국의 두 회사를 돌

전기 강판 공장

아보면서 깨달은 것이 우리가 투자비 산정에 커다란 오류를 범했다는 사실이었다. 즉 미국의 전기강판공장을 보고 나니 실제로 들어갈 투자비는 우리가 산정했던 금액에 0 하나는 더 쳐야 할 것으로 예상되었던 것이다.

실제로 포항제철소에 년산 6만9,000 톤의 전기강판공장을 1979년 10월에 완공하여 가동에 들어간 이후, 매월 열리는 운영회의에서 매달 약 100억원의 적자를 나타내는 전기강판 공장의 손익 보고시에는 고준식(高準植) 부사장께서 "저 프로젝트 누가 하자고 했느냐?"며 일어나 보라는 말씀에 아무 말도 못하고 자리에서 일어서야 했던 기억이 아직도 생생하다.

하지만 우리가 전기강판을 생산하게 되자 일본이 한국에 수출하는 전기강판의 가격이 절반 수준으로 떨어진 것을 감안하면, 국가적 차원에서는 우리가 보는 손해보다 훨씬 큰 이익을 얻었다는 것에 자부심을 갖는다.

그 후에 전기강판공장이 회사의 이익 창출에 크게 기여하고 있다는 소식을 들을 때마다 작고한 高 부사장님이 아직껏 살아 계셔서 "전기강판 프로젝트 하기를 참 잘했다"고 말씀하시는 것을 듣지 못하는 것이 지금도 매우 아쉽다는 생각이 들고는 한다.

영일만에 동이 트던 무렵

백 태 성

최종직위 : 이사 / 재직기간 : 1968~1989

맨처음 제철공장 입지의 유력 후보지로 알려진 곳은 경남 삼천포와 경북 영일군 청하면 월포리 및 영해 등지로 알려졌으나 박정희 대통령께서 1967년 6월15일 영일군 대송면 일대로 결정하자 경상북도는 도지사 직속으로 포항공업단지본부를 잠정적으로 설치하고 그 구성원은 경상북도 공무원 중 가장 청렴하고 능력있는 소위 엘리트들이었다.

경상북도는 부지면적 350만평(제철공장 부지 230만평, 연관산업단지 120만평)의 보상 대상 물건에 대한 조사에 착수했다. 당시만 해도 한국감정원이 설립되기 전이어서 토지, 건물, 시설물 등 기타 지상물과 영업권 등 보상자격 평가는 포항소재 5개 금융기관이 평가한 금액을 경상북도 건설국장, 지역계획과장, 영일군수,조흥은행 포항지점장과 주민대표 2명등 6명의 위원으로 구성된 심의위원회에서 위원의 3분의 2 출석과 과반수 이상 찬성을 얻어 확정하게 되었으나, 주민대표 2명은 "그런 방식으로 보상금액이 확정되면 주민들의 뜻을 배반하여 포항에서는 매장되어 살수가 없다"며 회의에 불참하였다. 회의에 참석했다가도 본안 심의에 들어가면 자리를 박차고 나가는 등 회의 자체를 원천 봉쇄했으며, 또한 주민의 반발이 심해 회의 장소를 안강, 경주, 대구로까지 옮겨봤으나 허사였다.

6개월간 갖은 방법을 동원했으나 효과가 없어서 결국 주민대표 1명을 설득하여 대구회의에 참석시켜 보상금액이 확정되었다. 보상금액이 확정되자 순조롭게 보상이 완료되었으나 극히 일부는 토지 수용위원회를 거쳐 행정소송에서 패소로 4~5년 후에 증액 없이 보상금을 수령함으로써 그 손실이 대단히 컸다고 한다.

경상북도에 위탁 매수한 토지는 사유지 180만평이었으며, 국유지 50만평은 포항제철이 직접 정부로부터 현물 출자를 받았다. 위탁 업무는 어려운 여건에도 경상북도와 영일군 등 관련 공무원의 헌신적 노력으로 성공리에 완료되었으나 특기할 사항은 포항공업단지 조성업무 담당자였던 경상북도 이기형씨가 업무를 수행하기 위하여 현지인 포항 출장이 잦았던 어느 여름날 영일군 건설과 직원과 함께 포항 육거리 식당에서 점심식사를 하고 나오다가 그것을 목격한 포항경찰서 정보과 모형사가 "상급기관 직원이 출장 와서 하급기관으로부터 점심 대접을 받았다고 치안본부에 타전하여 당일로 전격파면 조치되었다. 이것은 소위 냉만사건으로 불려졌는데, 이기형씨는 이에 불복하여 행정소송을 제기하고 파면된 신분으로 담당보상업무를 무사히 끝내고 행정소송에도 승소하여 공무원으로 복직된 후 '69년 포항제철에 입사하여 그 후 노무부 후생과장을 역임했다.

당시 경상북도 건설국 지역계획과 총괄업무 담당인 이인향

포항 종합 제철소 부지 전경

씨는 당초에는 포스코 입사를 희망했으나 경상북도에 잔류하여 김수학 도지사의 비서실장, 도시계획과장, 영양군수 등 요직을 두루 역임했으며, 특히 경상북도 도시계획과장 재임시에는 포항제철 관련사항마다 직접 현장을 방문하여 애로사항을 해결해주었으며, 건설부와 협의및 승인사항일 경우에는 서울까지 출장하여 직접 해결해 준 진정한 포스코 맨이었다. 지금 생각해도 감사한 일이다.

토지매수는 1,250세대의 이주와 2,270기의 묘지 이전을 하는 과정에서의 강제철거, 공동묘지 조성, 임시 화장장 설치 등 많은 어려움이 있었으며 그중 잊지못할 이야기를 몇가지 소개하고자 한다.

제1화 : 본의 아닌 소작주 되다.

경상북도는 포항공업단지로 350만평을 매수하여 제철공장 부지로 230만평은 포항제철에 양도하고, 잔여 120만평은 제철공장 연관산업과 정부에서 중점 육성할 주물선공장, 기계제작 등 4대 핵심 공장을 유치하기 위하여 연관단지를 직접 조성하여 분양할 계획이었으나, KISA(한국제철차관단 : 미국등 5개국 8개회사)의 차관이 어려워 포항제철공장 건설 자체가 무산될 위기에 연관단지 입주 희망자가 전무하자 경상북도는 당초 계획을 변경하여 포항제철에 업무를 인계하게 되었다.

포항제철은 연관단지 사업부를 편성하여 부지를 조성했으나 분양이 부진하여 투자자금의 회수가 어려워지자, 연관단지 사업부를 해체하고 그 업무를 당시 황경로 관리부장 산하 박득표 회계과장 소관 자산 관리로 이관시켰다. 자산관리 본연의 업무보다 연관단지 투자금의 회수가 주업무가 된 비상사태였다.

제철공장 건설사업이 KISA와 결별하고 일본과 손잡고 시작될 것이 확실해지자 입주 희망자가 생겨 강원산업, 부산파이프., 한국기계 등에 분양되어 투자금을 70%이상 회수함으로써 다소 숨통이 트였으나 잔여지는 수년간 나지 상태로 방치되어 잡초만 무성하고 흉물스럽기도 하였다. 원래 소유자는 공장도 짓지 않고 기름진 토지를 방치할 바에는 환매해 달라고 관련기관에 요구하면서 무단 경작자까지 생겨 문제가 되기도 했다. 그래서 경작을 희망하는 원소유자들과 "경작 초년은 무료로 하고 2년차는 소득의 10분의 1 소작료를 경작 현장에서 자진 납부하고 경작지가 분양되면 지체 없이 경작을 종료하고 지상물을 자진 철거하여 경작권을 포기한다"는 각서를 받고 경작을 허용했다.

그래서 원소유자는 허가를 받고 빈땅에 농작물을 경작했으며, 자산관리과 직원이 수확기에 경작료를 징수할 가설 원두막을 설치 운영했다.

소작료를 자진 납부하지 않으면 직원 2~3명씩 조를 편성하여 퇴근 후 미납자의 집을 방문하여 회수하였으며, 벼는 오천에 있는 정미소에서 도정하여 동촌독신료 식당에 기증했다. 비록 소작료는 미미했지만 원소유자의 토지를 오랫동안 유휴지로 방치함에 따라 발생하는 환매 요구를 막는 한편 또 다른 민원 야기를 방지하기 위해 포항제철 직원이 본의 아니게 소작주가 된 것이다. 그렇게 3년을 보내는 사이에 공장건설공사가 계획대로 진행되고 경기도 호황이 되자 연관단지 입주 희망자가 쇄도하여 연관1단지의 투자비는 100% 회수했으며, 경상북도로부터 위탁 운영했던 포항연관공업단지 입주자협의회(현재 포항연관단지사무소) 업무와 운영기금을 마련하여 경상북도에 인계함으로써 우리는 연관산업단지의 업무에서 벗어나게 되었다.

제2화: 경상북도 지역계획과장의 쇼크사(死)

이 지역 정서는 끝까지 극렬한 반대 데모와 이주를 거부하면 정부도 어쩔 수 없이 포기하고 입지를 변경할 것이란 부류가 대부분이고, 일부는 반대를 계속하면 보상금을 더 받을 수 있다는 주민의 집단 기대심리에 편승했으며, 어떤 이는 "조상 대대로 물려받은 문전옥답과 선산을 버리고 타지로 이사갈 바에는 차라리 스스로 목을 매겠다"는 비장한 위협을 가하는가 하면, "본 업무 담당 경상북도 책임 간부를 죽이고 나도 죽겠다"는 등 현장 분위기가 살벌해서 공무집행상 현장 출입시에는 상당한 경계가 필요했다.

포항시 죽도동과 영일군 연일면 등에 이주단지를 조성하고 이주할 주택을 마련했으나 보상금을 수령하고도 자진 이주를 거부한 가옥이 800동이나 있었다. 그 중에도 예수성심시녀수녀원(약칭 성모자애원)은 대잠동에 이전 부지를 마련하고도 이주를 거부하여 더욱 어려웠다. 당시 수녀원은 고아원 430명을 비롯하여 양노원 노인과 일반직원, 160여 수녀 등 700여명의 대가족이었다. 이 수녀원은 6.25사변 이전인 1950년 3월25일 경북 영천에서 대송면 송정동으로 옮겨와 길수다니슬라오 신부를 비롯한 상주 수녀들이 손수 확장하고 19년간 손질해서 정이 든 곳이었다. 울창한 숲 속에 수녀들의 전용 해수욕장이 있고 성냥공장도 있는 8만평의 부지였다. 당시 보상가격은 농지가 평당 230원, 임야는 50원으로 부지의 대부분이 울창한 솔밭이라 임야로 분류되어 저평가되자 이들의 반대가 극심했는데, 이후 여러 차례 협의과정을 거쳐 최종적으로 건설부장관, 경상북도지사, 포항제철의 3자회의에서 2300만원을 추가로 지원함으로써 해결되었다.

성모자애원은 '69년 1월 6일 눈이 심하게 내리는 추운 날인데도 수녀들이 각자 책임을 분담하여 공원의 나무 뿌리까지 손에 피가 맺히게 뽑아 옮겼고, 건물도 길신부 자신이 해병대의 협조로 폭파하여 벽에 붙인 돌마저 뽑아서 현재의 대잠동으로 이사비 한푼 안 들이고 손수 옮겼다.

그러나 최고장을 보내도 계속 불응하는 사람들에게는 강제철거 집행일을 70년 6월15일로 정하여 최후 통첩을 보냈다. 그런데 강제철거 집행일 오전, 대송면 동촌동에 거주하는 어느 주모(酒母)가 경상북도 유명화 도시계획과장을 찾아가 갖은 욕설과 저주의 악담을 퍼부으며 멱살을 잡고 폭력과 난동을 부려대서 그 쇼크로 유과장은 그날 밤 세상을 떠나고 말았다. 그는 도지사 직속 포항공업단지 조성본부의 도시건설국 지역계획과장으로 총괄지휘책임자였다. 문제의 여인은 그 사건 후 2일만에 급사했다는 소문이 있었지만, 몇 년 후 포항제철의 이기형 후생과장이 영일군 문덕동에 살고 있는 그녀를 확인했다는 전언이고 보니 충직한 고인의 죽음만 안타까울 뿐이었다.

제3화: 강제철거로 아버지를 잃을 번한 개발계장

토지 매수는 여러 가지 어려운 난관을 거쳐 힘들게 완료했으며, 묘지 이전은 오천변의 공동묘지를 조성하여 이장하였고, 화장 희망자를 위하여 임시 화장장을 설치 운영함으로써 큰 차질이 없었다. 그것은 당시 이 지역 출신 이성수 국회의원이 솔선수범하여 이장비를 수령하여 묘지이장을 서둘러서 다른 사람들도 따라 한 결과였다. 무연 묘지는 언젠가 후손이 찾아올 것에 대비하여 먼저 위치와 옮긴 위치를 기록한 묘지대장을 전국에서 처음으로 작성 배치했다.

그러나 이주 보상비를 받고도 자진 이주하지 않은 1,077세대는 강제철거가 불가피했다. 영일군은 가옥 강제철거를 위해 파괴반은 곡괭이와 망치로 철거하고, 기동반은 저항능력이 없는 부녀자와 어린이들이 집이나, 길거리에 드러누우면 끌어내고, 경계반은 주민들의 투석과 집단폭행을 막는 임무의 3개반을 편성했다. 경찰관은 주민들의 감정을 폭발시킬 우려가 있어 주민이 보이지 않는 곳에서 사복으로 대기시키고 소방관과 소방차도 현장에 출동하여 대기시켰으며, 또한 포항제철 부지조성공사에 참여한 건설회사의 불도저도 배치했다. 마침내 가옥강제철거 행정집행일인 '70년 6월15일의 초조하고 긴장된 시간이 다가왔다.

첫번째 철거대상은 경상북도청에서 난동을 부리고 간 주모의 집이었다. 지은 죄 때문인지 주모는 집에 없어서 가재도구를 꺼내고 집에 있던 어린이를 나오게 한 후 불도저로 밀어 쉽게 철거가 진행되자 주민들도 체념을 하고 순순히 물러나서 오후 3시경에 가옥 강제철거 작업이 순탄하게 완료되었다.

그러나 뜻밖에도 철거작업을 주관하는 영일군 건설과 개발계장 이상화씨 집에서 놀라운 일이 발생했다. 이계장의 아버지는 강제 철거를 막기 위해 자기집 지붕 위에 올라앉았으므로 아들이 부득불 아버지를 다치지 않도록 불도저와 기둥에 체인을 걸어 천천히 당겨 집과 함께 내려 앉혔는데 아버지는 다행스럽게도 다친 곳이 없었다. 이때 이상화 계장이 달려가 아버지를 안아 일으키자 아버지는 돌을 들어 자기 아들을 치려고 했다. 그 때 누군가가 뒤에서 영감님을 불러 영감이 뒤를 돌아보는 순간 그 돌을 빼앗아 아들도 무사할 수 있었다.

제4화: 포항에 출현한 봉이 김선달

경상북도가 위탁매수한 공장부지는 232만평 중 민유지가 180만평이고 국유지 50만평은 포항제철이 정부(당시 재무부)로부터 직접 현물 출자를 받았으며, 그후 설비 확장계획에 따라 부족분은 형산강 유로변경(3고로 부지 부족분용), 냉천

유로변경(2냉연공장 부지 부족분용), 그리고 공유해(公有海) 매립으로 현재의 271만평으로 확장되었다.

형산강 유로 변경은 하구를 포항시 쪽으로 20만평을 옮기는 공사로, 기존 형산강 부지 20만평을 포항제철로 편입하는 것이었다. 형산강 유로변경 대상지는 356필지 18만9천평으로 민유지 257필지 5만2천평 국유지 61필지 12만6천평, 기타 지방자치단체의 소유지였다. 그러나 형산강변의 국유지와 지방자치단체의 소유지는 공사 준공으로 편입되는 땅과 종전의 하천 부지는 상호교환 처리하기 때문에 보상에서 제외되었다. 그 보상액은 4억1800만원으로 토지보상비 3억3200만원 지상 보상액 7천400만원(235가구 1,262명의 이주비와 186동의 보상비 등) 및 기타 부대비였다.

부지 확보는 자산관리과 소관 업무이기에 항상 부지 매입의 대민 업무에 홍역을 치르곤 했다. 특히 이 보상업무에서 더 힘들었던 것은 보상대상자 대부분이 송정동 송내동 동촌동 등지에서 강제 철거되어 이곳에 정착해 있던 주민들이기 때문이었다. 포항제철이 이주민을 따라 다니면서 못살게 한다고 적극 반대하며 난항을 거듭하여 협의 매수가 거의 불가능했으나, 당시 자산관리과 주무인 김세희(감사실부장 역임) 사원의 눈물겨운 노력으로 협의 보상이 성사되어 강제 철거

없이 자진철거로, 순조롭게 형산강 유로 변경공사를 완료함으로써 3고로 건설공사를 차질 없이 할 수 있었다.

이 무렵 필자를 찾아온 사람이 있었는데 그는 대구지방 신문사의 포항 지사장인 이모씨였다. 그는 형산강 유역의 고수부지 5만평을 매수해줄 것을 강력히 요구했다. 확인해 본 결과 '67년도에 포항제철 공장부지가 대송면 일대로 확정되자 형산강 하구의 고수부지를 급히 불하 받아 포항제철에 고가로 매각하려던 것을 확인하고 형산강의 관리청인 경상북도 하천과장을 설득하여 국유지인 하천부지를 불법 불하한 포항세무서의 행위가 무효임을 입증한 끝에 소유권을 되찾아 다시금 국유화하였다. 그 후 그는 경상북도를 상대로 소송을 제기했으나 패소하자 분풀이로 수차 필자를 찾아와서 "세무서로부터 적법하게 불하받은 사유지를 경상북도와 합작하여 국유지로 다시 빼앗은 당신을 포항에서 매장시키겠다"는 등 갖은 협박을 하곤 했다. 그것은 옛날에 평양의 대동강 물을 팔아 먹었다는 봉이 김선달이가 포항에 다시 나타난 것이나 다름없는 일이었다.

마무리하면서

첫째, 경상북도의 주민에 대한 보상액은 당시의 화폐가치로 결코 적지 않은 가격이었다. 보상가격이 확정되자 대부분의 주민이 자발적으로 보상금을 수령했지만 일부 주민은 보상금을 더 받고자 지방토지수용위원회와 중앙토지수용위원회에 이의신청했다가 모두 원안대로 확정됐는데, 이에 불복하여 제기한 행정소송과 일부 민사소송에서도 전부 원고 패소함으로써 판결이 공정했음을 증명하고 있다.

둘째, 모든 성장신화에는 타산지석으로 삼을 교훈이 있는 것처럼 포스코에는 초창기부터 온몸을 던져 어려운 고비를 넘겨온 선배들의 경험을 성장동력으로 삼을만한 역사적 교훈이 있음은 후배사원 모두의 훌륭한 자산이라 할 것이다.

셋째, BH. 리들하도의 경구를 소개한다.

"가능한 한 강하게 지켜라.

어떤 경우에도 냉정을 유지하라.

끝없이 인내를 가져라.

직원을 구석으로 몰지 말고 그가 체면을 견지하도록 항상 도와주라.

그의 입장에서 그의 눈으로 사물을 보도록 하라.

악마와 같은 독선을 피하라.

독선처럼 그렇게 자기를 눈멀게 하는 것은 없다."

철강 보국과 통신 보국의 꿈

성 기 중
최종직위 : 부사장 / 재직기간 : 1970~1993

서언

포스코 정보화에 미력이나마 평생을 바쳐온 소감을 쓰자니 만감이 교차한다.

포항제철 건설과정에서 박태준 회장님은 나에게 정보통신 분야의 중임을 맡겨 주셨지만 책임을 다하지 못한 것 같아 송구스러운 마음이 앞서기 때문이다.

1970년대 포항제철소 건설 중반부터 시작된 전산화 추진 과정에는 다음과 같은 분수령을 넘어왔다.

첫째. 전산화 황무지 상태의 국내환경에서 경험 없는 전산 요원들과 더불어 고생해온 전산화 도입 단계

둘째, 포항제철소에서 시작된 전산 시스템을 Up Grade하여 광양제철소에서 최고의 시스템 개발

셋째, 철강보국 다음에는 통신보국이라고 회사의 큰 방향을 제시해 주신 박태준 회장님의 말씀에 포스데이타를 준비한 일.

초대 CIO(Chief Information Officer)는 황경로 상무

회사의 많은 분들은 나를 초대 CIO 라고 알고 있으나, 나는 황경로 상무가 진정한 초대 CIO라고 항상 생각하며 고마운 마음을 지니고 있다. 계산기를 쓰는 정도의 급여계산 전산화도 관련부서의 여러 가지 이유로 수작업과의 병행 가동을 끊지 못하고 있을 때, 황경로 상무님은

"이번 달 급여는 전산으로 급여대장을 제출해야 돈을 내주겠다. 회사의 전산을 촉진시키기 위해서는 한번쯤은 25일 급여 지급이 지연돼도 좋다" 하고 단호한 결심을 밝혔다. 이에 인사부서와 전산부서가 단합하여 철야작업으로 아슬아슬하게 그 달 급여를 25일 지불하면서, 포항제철 최초의 전산화 작업을 이루었다.

분식회계가 보편화되어 있던 1970년대 한국사회에서는 재무전산화는 어느 회사나 절대 금기 사항이었으나 포항제철

전산실은 황경로 상무로부터 회계 및 원가를 전산화해야 한다는 결심을 받아냈다. 제철소 가동 초기 전산화가 중심이 된 시스템을 구축해야만 회사 Total System을 조기에 이룰 수 있다는 주장이었다.

보고서를 들고 가면서도, 걱정되는 것은 황상무께서 조업대비에 심혈을 기울이던 One Writing 회계전표 제도에 도전하는 것이 아닌가 하는 생각이 들었다. 물론 그것은 기우였고, 결정적 계기는 당시 차동해 회계과장, 김광호 원가과장에게 결산 다음달 5일까지 전산으로 찍은 결산서를 본인 책상위에 올려놓으라는 지시였다.

재무전산이 완료되고 얼마 뒤 감사원장을 중심으로 한 정부평가단이 포항제철 건설의 중간 체크를 위해 회사를 방문했을 때, 박득표 이사는 재무전산화를 강조하여 보고했고, 그 결과 정부 평가단의 큰 칭찬을 받아서 이후 전산실은 외부 기관의 전산화 견학 수용에 정신이 없었다.

반면 전산화의 주력인 생산 판매 전산화는 나아갈 방향도 잡지 못하고 있었다. 가장 중요한 원인 중의 하나는 JG가 전산화를 기술지원 대상에서 제외시켰기 때문이었다.다행히도 내가 담당한 후판 작업지시가 화려한 인쇄양식으로 프린트되어 공장 각처로 배포되는 것으로 만족하였다. 비록 수작업으로 작성된 슬라브 카드와 주문서를 수작업으로 키펀칭하여 컴퓨터에 입력하는 초보적 방법이었으나, 압연 스케줄과 슬라브 사이즈의 자동설계, 시편채취의 자동결정 등 제철 공정 관리상 중요한 일을 컴퓨터에 의존해서 보는 계기가 되었다.

광양 시스템의 기초가 된 大分제철소 전산화 기술 도입

포항제철소의 판매 생산 시스템은 슬라브 재고와 제품 재고의 정확한 물량과 위치를 파악하기 위한 전쟁터였다.

주문품의 진행관리를 작업공정의 자동 추적, 주문품 적합 검증에 따른 작업 지시의 변경 등 공정 관리를 통하여 수십만 개의 재공품 및 제품의 추적 관리를 하지 못한 채, 움직이는 물체의 저장 위치 파악에만 연연하는 시스템의 유지 관리에 급급하였다.

생산 현장의 전산 시스템

당시의 생산관리 및 전산 기술의 한계에 허덕이면서, 새로운 광양제철소를 대비해야 하는 현실이었다. 당시 제철설비 구입선이 일본과 유럽으로 양분되면서 일본의 태도가 누그러져 신일철의 전산기술 지원에 합의를 본 것이다. 설비 도입을 맡고 있던 최주선 부사장께 포항제철 전산화의 한계를 설명하는 과정에서 간곡히 부탁 드리자, 최 부사장님은 신일철의 전산기술 도입을 적극 추진해 주셨다. 당시의 당면 문제는 우리의 모델을 기미스와 오이다 제철소 중 어디로 선택하느냐였다. 포항제철과 설비구조가 유사한 기미스와 최신 제철소인 오이다 중 양자 택일하는 문제였다. 전산실은 이를 오이다로 결정하여 결과적으로 제철 시스템의 구성방법에 대한 중요한 결과를 얻게 되었다. 무엇보다도 생산관리부 실무요원들이 대단히 만족하였다. 당시 大分제철소의 전산실장은 자신들이 제공한 자료가 미흡하여 포항제철에 도움이 되었는지 일본인 특유의 책임감으로 걱정을 많이 하였다. 그러나 그 자료가 포항제철 시스템의 바이블이 된 것을 알았으면 배가 아팠을 것이다. 그들은 당시 우리 생산관리부와 전산실의 실무진이 유용한 자료로 해석해낼 수 있는 숨은 실력을 미처 몰랐을 것이다.

철강 보국에 이은 통신 보국의 사명

1980년대 당시의 본사는 포항제철소 안에 있는 4층 건물이었다. 나는 박태준 사장님의 부름을 받고 사장실로 들어서다가 깜짝 놀랐다. 평상시 2층 사장실 입구에는 '제철보국'이란 구호가 입구 위에 크게 붙어 있었는데, 그날은 '제철보국'은 입구 왼쪽에 길이로 붙어 있고, 오른쪽에는 똑같은 크기로 '통신보국'이 붙어 있었다. 깜짝 놀라며 사장님을 뵈니 "제철이 어느 정도 완성되면 나는 통신보국으로 국가에 한 번 더 보국할 계획이니 준비를 하고 있으라"는 분부이셨다. 당시 포항제철소 전산화에 여념이 없었던 나는 마음속으로만 다짐을 하였을 뿐 실제로 아무 것도 할 수가 없었다. 얼마 있다 보니 사장실 입구의 통신보국 팻말도 없어졌다. 그리고 한참 뒤 1989년 말에 포스데이타를 설립하면서 박태준 회장님의 통신 보국 플랜은 본격적으로 작동되었다.

"1994년 광양제설소 4기가 완공되면, 포스데이타에 매년 1조원씩 투자할 것이니 대비하라"는 독촉이 나오기 시작했다. 보다 구체적으로 "일본 소프트뱅크 손정희 사장과 함께 한국에서 같이 사업을 하라"는 지시가 떨어졌다. 손정희 사장은 아직 한국에서의 소프트웨어 유통 사업은 시기상조라는 의견이었으나. 설득을 하여 1991년 한국소프트뱅크를 창립하게 되었다. 그 후 박태준 회장님의 독촉은 더욱 강도가 높아져갔다. "포스데이타는 언제 1조원의 매출이 되는지 계획을 내라"는 것이었다. 매출 1천억원도 안 되는 회사를 매출 1조원으로 만들어 내라니 그 때부터 잠을 제대로 자지도 못하였다. 고민 끝에 시장조사를 해 보았지만 당시 상황으로는 소프트웨어로 1조원의 매출은 불 가능한 일이었다. 그때 생각난 것이 회장님의 통신보국이었다. 그래서 조사해 보던 중 정부가 제2이동통신 사업을 민간기업에 허가하겠다는 정보가 포착되었다. 즉시 사업요지를 정리하여 회장께 보고 드렸으나 묵묵부답이었다. 초조해진 나는 자동차에 동승해가며 재차 삼차 독촉 말씀을 드렸더니, 한달 후에야 임원회의에서 포항제철이 통신사업에 진출하겠다는 발표를 하고, 나와 김권식 상무에게 실무를 맡기셨다. 1995년 박태준 회장님은 포스코에서 물러났지만, 포스코는 파란곡절을 거쳐 이동통신사업(017)을 획득하였다. 회사명은 박회장님이 지어주신 대로 신세기이동통신 이었다. 박회장님은 그 후 나를 보기만 하면, "매년 1조원씩 대어준다고 하였는데 미안하다"고 말씀하셨다. 통신보국을 못한 회한이 얼마나 깊으셨겠는가.

전산실의 뒷 이야기

1970년도 초기는 우리나라에 컴퓨터가 첫 도입된 시기였다. 정부 전자계산소, 통계청, 대한항공 등이 작은 컴퓨터를 도입했을 뿐이고, 컴퓨터 프로그래머도 국내에는 몇 백 명에 불과한 때였다. 당시 우리 회사 급여 조건에 맞출 수 있는 스카우트 대상은 정부전자계산소 밖에 없었다. 그래서 포항제철의 초기 전산요원은 정부전자계산소 출신이 대부분이었다. 정부 일을 슬슬 해오던 이들이 생소한 포항 지역에 와서 주어진 과제는 많으니 불만이 쌓이기 시작했고, 여차하면 집단행동의 기미까지 보였다. 당시 김광길 실장은 전산 전문가 대접도 못 받으면서, 프로그래머들을 달래는 한편 회사로부터 기술수당보다 높은 전산수당을 얻어내는 등 고생을 많이 하셨다.

그 때 여타 부서에서 전산 수당에 대한 불만의 소리가 나오면, 나는 고종황제의 운전수가 대접받던 시절도 있었다는 일화로 대응하기도 했다. 또한 포스데이타를 설립해 포항제철 전산요원의 상당수를 데리고 나갈 때 당시 국내 전산요원 중 최고 대우를 받던 데이콤을 추월하여 포스데이타 직원의 급여를 설정하였다. 당시 모사를 훨씬 뛰어 넘는 자회사의 급여는 상상도 못하던 시절이었다. 당시 박득표 부사장의 배려가 너무나 고마웠다.

끝맺는 말

지금 와서 돌이켜보면 나 자신의 사업능력 부족으로, 고 박태준 회장님의 통신 보국(通信報國) 염원을 못 이루어 드렸다는 자책이 드는 것이 사실이다. 일반적으로는 박 회장님이 포스코를 떠나시는 바람에 모든 것이 물거품이 됐다고 핑계를 댈 수도 있다. 실제로 그런 말들을 하기도 한다. 그러나 나 자신만은 그렇게 생각할 수가 없다. 부장직에 있는 사람을 불러 통신보국을 대비하라 하셨고, 포스데이타 창립을 대비하여 이사직에 있는 사람을 부사장으로 승진시킨 후 포스데이타 창립 후에도 부사장직을 계속하게 해주셨으며, 재임중 모든 권한을 위임해 주셨음에도 기대에 부응해드린 것이 없으니, 영전에 가 뵐 면목이 없는 것이다.

POSCO식 경영style-集團의 美學

(POSCO 企業文化에 대한 음미)

손 근 석

최종직위 : 부사장 / 재직기간 : 1970~1994

요즘 싸이의 '강남스타일'이 세계를 열광시키면서 스타일이란 말이 유행어처럼 번지고 있다. 광양제철소에서는 직원들이 '제철스타일'이라는 뮤직비디오를 만들어 단합대회나 행사 모임에서 여흥으로 함께 즐긴다고 한다.

스타일이란 말은 원래 외모나 의상에서 잘 쓰여지는 수식어지만 음악, 미술, 건축양식이나 문학 작품에서도 쓰고, 심지어 회사 경영방식인 사풍(社風)에도 스타일이 있다. 여기에서 나는 문득 'POSCO 스타일' 이란 생각이 떠올랐다. POSCO에는 분명히 일반 회사와는 사뭇 다른 독특한 스타일의 기업문화가 있었다.

회사의 사풍은 창업이념과 최고경영자의 리더십 스타일에 의해서 특정지워지는 것이 보통이다. 이런 점에서 POSCO도 예외일 수는 없다.

박태준 회장의 경영철학과 특유의 리더십이 POSCO의 기업문화에 그대로 녹아 있고, 회사의 업무수행 방식과 직원들의 행태도 그 속에서 형성되고 영향을 많이 받았다고 해도 과언이 아니다.

1970년 나는 첫 직장이었던 석탄공사를 떠나 POSCO에 입사하기로 하고, 당시 상사 임원이었던 학교 선배님(육사 8기생)을 만났을 때, "박태준씨 한테 가면 고생할 각오를 단단히 해라. 그러나 배울 것이 많을 것이다. 가 보고 힘들면 언제든지 돌아와라. 받아줄 테니까" 라고 말씀하신 기억이 생생하다.

지금 생각해도 그 분 말씀이 너무나 정확했었다.

그간 창업 초기부터 광양제철소 완공까지, POSCO 4반세기의 대역사(大役事) 완성에 청춘과 정열을 다 바쳐 일했던 우리의 선배, 동료 모두는 많은 고난과 시련을 극복하고, 개인적 희생도 마다하지 않았던 사람들이었다.

서울 YMCA 본사에 근무할 때는 매일 야근이었고, 공휴일도 없이 일을 하느라고 가까운 중국집 '성화장'의 단골이 POSCO 직원이고, 외상금액 1,2위가 관리실과 인사부였다.

1972년말 사소(社所) 통합으로 본사가 포항으로 이전된 후에는 전 임직원이 황색 근무복과 안전화 차림으로 근무해서 '황색군대'라는 별칭도 생겼다.

초창기의 POSCO는 '제철보국'의 기치 아래 우리나라 최초의 제철소 건설이라는 사명을 다하기 위해 강력한 지휘체계와 엄격한 규율 속에서 회사 전체가 일사불란하게 움직이고, 모든 업무는 한치의 오차도 없이 철저하고 완벽한 방식으로 수행하여야 했다.

이를 뒷받침하기 위해서 전직원의 동질성과 응집력을 높이고 회사의 목표와 보람에 대한 집단적 가치 공유 사상이 특별히 강조되었다. 이것이 POSCO 정신의 근본을 이루면서 제철보국의 소명의식과 도전, 창의, 긍지와 보람이 함께하는 기업문화를 만들어냈다.

내가 모셨던 상사 중에서 황경로 회장님(당시 관리이사)과의 인연은 좀 특별하다. 1972년 5월 인사부 계장으로 있던 나를 과장으로 승진시켜 조직개발실의 법규담당(이후 조직제도과로 증편)으로 보임해준 분이기 때문이다.

부하직원도 없이 일을 시작하면서 첫번째 부여된 업무가 "예비점검제도" 였다.

임원회의 보고서를 1장으로 작성해 오라는 지시를 받았는데, 그때는 임원회의보고가 10매 정도의 대형 차트나 슬라이드로 간부급(과장이상) 사원이 보고하는 것이 관례였는데, 1장으로 해오라 하시니 쉬운 일이 아니고 난감하기까지 했다.

겨우 3장으로 압축해 갔는데, "한 장으로 요약을 못하는 것은 아직 문제를 완전히 소화하지 못하고 핵심 파악이 안된 것이다…" 하는가 하면, 보고 도중에 질문이 있어 뒤에서 설명을 드리겠다고 하면, 보고서 순서가 잘못 작성된 것이라는 예리한 지적을 받은 기억이 난다. 실무행정은 어느 정도 자신이 있다고 믿었던 나 자신이 매우 부끄럽기까지 했다. 다음 날, 임원회의에서 1장의 보고서로 간단명료하면서도 부족함이 없이 설명하시는 것을 보고 큰 감명을 받았었다.

POSCO에 관리회계 시스템을 일찍이 도입한 기획관리 분야의 전문가이신 것을 알고 있었지만, 정확한 상황 판단과 함께 전략기술적 대응 능력, 종합적이고 균형적 감각을 두루 겸비하신 분이어서, 그 후에도 나는 많은 것을 배울 수 있었다.

예비점검제도는 포항제철소 1기 종합준공을 앞두고 일어날 수 있는 설비사고 예방과 조업 안정을 위해 시의 적절하게 착안된 경영수단이었다. 박태준 회장의 특별한 관심으로 강력한 추진이 지시되자 전직원이 예비점검 계획표를 작성 비치하고 실천 사항을 일지로 기록하도록 하였다.

현장에는 "건설은 공기단축, 조업은 예비점검" 이라는 대형 간판도 세워졌다.

현장에서는 설비운전 매뉴얼이나 예방정비수칙 같은 것도 있어서, 비교적 실천하는데 큰 어려움이 없었지만 머리를 써서 일하는 관리 행정부서의 직원들은 무엇을 어떻게 해야 하는지 몰라서 애를 먹었다.

포항제철 아톰즈 축구단

모범사례를 만들어 교육도 시키고 해서 이 제도의 취지에 맞는 성과가 조금씩 인식되기 시작하였고, 모든 분야의 업무가 좀더 철저하게 수행되고 효율성을 높이는데 크게 기여하였다.

그 후에도 이러한 집단적 실천 활동은 많이 있었는데, 대표적으로 자주관리 활동도 이 예비점검 제도가 시발점이 되었다고 생각한다.

POSCO는 개인보다는 집단이 더 강한 회사이다. 직원이 적당히 일하고 지낼 수 있는 곳이 아니었다. 이기적이거나 개인의 희생을 잘 감내하지 못하는 사람은 조직에 잘 적응하기 힘들었다. 그렇다고 개인의 창조적 업무가 위축되거나 소홀히 되지 않았다. 항상 최고를 지향하는 회사의 비전과 목표가 있었고, 부문별 중장기 계획을 수립. 실시하여 이에 수반한 각종 선진기법(컴퓨터 등)도 다른 회사보다 앞서 도입 적용하는 사례가 많았다.

지금은 타계하셨지만, 박태준 회장님은 POSCO 경영신화를 이룩하신 세계적인 경영인으로 세계 철강사에 빛나는 명예의 전당에 헌액된 분이다. 지금 그 분의 경영철학과 사상에 대해 많은 학자들이 연구하고 있을 뿐 아니라, 그 분의 위업과 숭고한 정신을 기리고 이어받기 위한 여러 가지 추모사업도 진행되고 있다.

내가 감히 그분에 대해 언급을 하는 것이 외람되고 송구스럽지만, 나는 개인적으로 "인간경영의 명인" 이라는 칭호를 더하고 싶다. 어떻게 POSCO같이 큰 조직 구성원을 같은 목표와 사명감을 갖게 하고 혼신을 다해 정열적으로 일하게 만들 수 있었을까를 생각해보면 자명하게 얻어지는 답이다.

1984년 내가 축구단 업무를 맡았을 때 회장님은 나에게 "프로 구단은 돈 버는 사업이고 잔디 구장과 스타 선수가 있어야 하며, 축구단 운영은 인간 경영이다." 라고 말씀하셨는데, 일찍이 인간 경영의 요체를 꿰뚫고 계신 분이셨던 게 아닌가 싶다. 그 분의 인간경영 철학과 집단적 가치 공유 사상이 POSCO 기업문화의 근간을 이루는 집단의 미학으로 현실화되었다고 믿는다.

그간 세월도 많이 흐르고 환경도 변했다. 정보통신 같은 획기적인 기술 발전이 온 세상을 바꿔놓았다. 이런 시대에 가치관도 다른 후배들이 지금 POSCO에서 일하고 있지만, 창업

정신과 집단적 가치 공유 사상을 기반으로 한 POSCO의 초창기 기업문화가 그래도 그 뿌리가 유지, 발전되고 있는 것을 보면서 마음 흐뭇함을 느낀다.

인생의 황금기를 오랜 기간 POSCO에서 함께 보냈던 우리는 회사를 떠난 지금도 회사에 깊은 관심과 애정을 느끼며 서로 친밀한 교류와 추억담을 나누며 살고 있다. 현직에서 은퇴한지 15년이 지난 지금도 나는 POSCO를 완전히 떠났다는 기분이 들지 않을 때가 많다. 아마, 내 인생이 다할 때까지 그러하리라 생각한다.

POSCO는 지금 제2의 경영신화를 창조하며 글로벌 POSCO로 성장 발전하고 있어 우리를 더욱 보람 있게 하고 있고, 앞으로도 영속하는 기업으로 항상 우리 곁을 지켜주었으면 하는 간절한 소원이 있을 뿐이다.

문어 다리와 추석 선물

신 종 길

최종직위 : 경리부장 / 재직기간 : 1973~1989

입사 동기

내가 포항제철에 입사하게 된 것은 정부투자기관이던 전 직장의 72년 하계휴가 때 고향이 흥해인 직장동료를 따라 왔던 것이 계기가 되었다. 동해안을 끼고 강릉까지 버스 여행을 하던 중에 처음 도착한 곳이 포항이었는데, 송도 해수욕장에서 건너다보이는 포항제철 건설 현장이 멀리서 보기에도 웅장해서 감탄했는데, 구룡포로 가기 위해 형산강을 건너다가 포항제철소 정문에「자원은 유한 창의는 무한」이란 표어가 또한 인상적이었다. 한창 공사가 진행되고 있을 때여서 흙먼지를 날리는 현장은 전쟁터를 방불케 하는 덤프트럭과 중장비들이 요란하게 돌아가고 있었다. 그때는 경부고속도로가 새로 뚫리기는 했으나, 경주로부터 포항까지는 2차선 국도로 와야 했고 형산강부터 시내까지는 갈대밭과 논밭이 붙어있어 황량하기가 그지없었지만 포철 건설현장의 웅장한 모습에 마음을 빼앗긴 나는 포항제철에 더욱 관심을 가지게 되었고 1973년 봄 사원모집공고를 보고 응시하게 되었다.

입사 후의 업무

입사와 함께 예산과에 발령을 받고 처음 일을 시작했을 때는 7.3준공 이전이라 회사 업무가 많아서 모든 부서가 밤낮없이 야근을 해야 했지만 그중에도 예산과의 야근은 전부서 중 가장 많았다. 당시 본관의 일반사무실에는 에어컨 시설이 안 돼 있었고 임원실에만 창문형 에어컨이 있었으며 사무실마다 선풍기만 가지고 일을 했기 때문에 밤마다 모기떼와 싸우는 한여름 더위속의 야근은 정말 힘든 일이었다. 황색 작업복에 워커차림의 근무는 군대생활의 연장 같았지만, 그래도 공사현장의 공사감독보다는 낫다는 생각으로 자위하며 버티었다.

1973년 초 본사가 포항으로 이전한 뒤 대정부 관련업무가 있을 때마다 당시 관리이사님(황경로 회장)이 서울로 출장을 가시면 예산과 직원들은 야근할 때 에어컨 바람이 나오는 이사님 방에서 야근을 하고는 했다. 그러나 말을 타면 견마 잡히고 싶다는 말처럼 이사님이 평소에 즐기시던 문어다리 간식까지 먹어치웠다가 출장일정을 앞당겨 오시는 바람에 직원들이 밤중에 죽도시장까지 나가서 문어다리를 보충해놓는 소동을 벌이기도 했다. 그 작은 소동의 중심에는 언제나 사람 좋은 김충남 선배가 있었는데, 그는 안타깝게도 먼저 세상을 떠나고 말았다.

예산과에서 회계과 출납으로 보직을 옮기고 창구 출납을 보던 나는 77년 4월 서울 자금부로 자리를 옮겼다. 그런데 그곳에서 추석선물 사건이 터졌다.

포항제철은 당시 정부가 경제개발 5계년계획의 중점사업인 중화학공업 육성법에 의하여 관련된 정부부처가 경제기획원 재무부 상공부 산업은행 국회 상공위원회 등이었는데, 포항제철 예산에 관한 자료요청과 현황설명 요구가 끊이지 않았고, 실무적인 내용설명은 자금부 자금계획과의 업무였기 때문에 모든 대정부 관련 업무는 자금부가 도맡아 하게 되었다. 대정부 관련 업무에 관해서 자금부에서 설명하고 협조하는 일이 건설이 끝날 때까지 계속되었으며 추석이나 구정이 되면 관련부서에 선물 돌리는 일도 자금부에서 도맡아 했다.

당시 압구정동 현대 아파트가 강남에 자리잡은 초창기라 나는 도로 포장도 제대로 되지 않은 단지 길을 헤맨 끝에 겨우 집을 찾아 선물을 전달하려 했으나 문이 잠겨있어서 옆집에다 부탁하고 돌아왔는데, 그것이 화근이었다. 다음날 출근과 함께 일대 소동이 벌어진 것이다. 선물을 받은 당사자가 부장님께 전화를 걸어

"뭐가 그리 대단한 선물이라고 온 동네가 다 알도록 소문이 나게 돌렸느냐?" 하고 불쾌감을 표출했던 것이다. 노발대발한 부장님은 사무실이 떠나가게 소리쳤다.

"어제 선물 돌리러 압구정동에 누가 갔었어? 당장 가서 그 선물 도로 가져와!"

그 바람에 나는 선물을 찾아다가 자금부 창고에 처박아 두었다. 그러나 그것은 자금부의 야근 때마다 직원들의 간식으로 사라져버렸다. 기억에 또렷한 해프닝이기 때문일까? 그 선물을 되돌려준 사람의 얼굴은 지금까지도 잊혀지지 않는다.

당시 포항제철은 정부 여러 기관들의 애를 먹이는 뜨거운 감자였다. 언제나 예산이 없고 출자 안해 주면 포항제철 공사가 중단된다고 엄포도 많이 놓았던 것 같다. 그래도 그분들이 포항제철을 많이 아끼고 지원을 많이 해서 오늘의 포스코가 있기까지 많은 노력과 힘을 보태준 것에 감사하지 않을 수 없다.

몇 명으로 하나?

여 상 환
최종직위 : 부사장 / 재직기간 : 1968 ~1998

나는 통역장교로 군 생활을 필하고 서울대학교 행정대학원에 복학하여 마치면서 국무총리 기획조정실 서울시 담당으로 인턴수업을 하면서 밤에는 야간으로 명지대학에서 발전행정을 강의하고 있었다. 어느 날 은사이신 이한빈 선생이 불러서 갔더니 "우리나라에도 포항제철이 창설되는데 철은 산업의 쌀이다. 총리실에 근무하는 것도 뜻이 있겠으나 새 역사가 창조되고 이 나라 산업이 요동을 치는 한 복판에서 역사의 변곡점을 몸으로 맞아 보는 것이 좋을 듯한데 가서 박태준 장군을 만나 뵙도록 하라."는 권면을 들었다. 특히 박태준 사장과는 국방대학원 창설멤버로 깊은 존경과 신뢰를 갖는 분인 만큼 적극적으로 참여하는 것이 좋을 듯 하다는 권면의 말씀이 있었고 또한 당시 평가교수단 멤버로 활동하시던 윤동석 박사(서울공대 금속과 주임교수. 후일 포스코 부사장 역임)의 권면에 따라 박태준 사장을 찾아뵙게 되었다. 아무 말씀 없이 얼굴만 바라보다가 이윽고 "함께 수고 좀 하지." 라고 말씀한 것이 전부다.

내려가서 처음 만난 사람이 황경로 부장이었다. 조직 창설 초기라 황경로 부장 밑에 나 혼자 실무를 담당하는 꼴이었다. 이윽고 회사의 설립과 더불어 사장실 조사역을 거쳐 관리제도과장으로서 황경로 부장 산하에서 오랜 세월 일하는 인연을 맺게 되었다. 많은 대소사가 있었으나 다 일일이 기록할 수는 없고 꼭 남겼으면 하는 일화를 한 가지 소개하고자 한다. 그것은 포스코의 정원 확정에 관련된 전후사이다.

어느 날인가 사장께 경영에 관련된 보고를 드리고 끝날 때쯤 해서 무심결에 사장이 한 말씀 하던 것이 기억난다. "도대체 백만톤 제철소를 하자면 내가 몇 명의 인력을 데리고 해야 하는가? 제철소를 본 사람이라고는 우리나라에서 나하고 윤동석 박사 두 사람인데 이걸 어쩐다." 혼잣말로 무심결에 사장이 하신 말씀이었다.

당시에는 우리나라를 통틀어서 제철소의 「실물」을 본 사람이 박태준회장(당시 사장)과 윤동석 박사 두 분 뿐이었다. 흘러가는 얘기처럼 말씀한 가운데 나는 굉장한 충격을 받았다. 내가 바로 해내어야 할 일 아닌가? 서양사람 고문단에게 물어보았다. 대략 백만톤 규모의 제철소에 어느 정도 사람이 필요할지. 그 사람들의 대답은 "정확한 것은 모르겠으나 아마도 1만 4천 내지는 1만 5천명은 가져야 하지 않을까 추론된다." 일본 기술 자문단에게도 같은 질문을 해 보았다. 이들의 답변은 "아마도 9천 내지 만 명은 최소 가져야 할 것이다." "그러면 그 판단 근거가 있을 것 아닌가? 그 자료를 볼 수 있겠나?" 그에 대한 답변은 한결 같았다. "거기에 대한 구체적인 자료나 설명내용은 없을 것이다. 이것은 오랜 경험과 경륜에 의해서 쌓인 판단의 결과로 생각해 보면 틀림없다."

과연 그럴까? 의문을 가진 채로 제철소의 직무내용이 구체적으로 무엇인지? 각각 직급이 다를 것이고. 예를 들어서 청소를 하는데 필요한 인력이라면 충직하고, 근육질이고, 불평불만 없고 꾸준하게 자기의 업무를 다하는 성실한 사람이면 족할 것이지 여기에 고등교육이나 박사학위가 필요한 것은 결코 아닐 것이다. 마찬가지로 제철소의 직무유형은 어떻게 형성되었으며, 그 내용은 무엇이고, 직무수행에 필요한 인력의 규모는 자질과 경력과 능력은 각각 어때야 할지, 이것을 미리 확정하기 전에는 성공적인 제철소 운영은 연목구어(緣木求魚)일 것이다.

마침 일본 연수 기회가 있어서 야하다 제철소를 방문한 적이 있다. 그때 야하다 제철소의 전무이사 되는 분이 동경대학 법문학부 출신으로 강도관 유도4단의 무도인이었다. 마침 내가 같은 분야에 종사하는 수련을 했던 무도인이라는 사실을 알고 대단히 반가워하고 친동생처럼 아껴주었다. 그래서 조용한 시간에 고민사항을 상의했다. 제철소의 직무내용과 거기에 관련된 자료가 있으면 한번 보았으면 좋겠노라고. 쾌히 대답한다. “물론 있다. 그것이 없이 어떻게 인력편성과 직무훈련과 작업내용을 설계할 수가 있겠는가. 가자.” 창고에 따라갔더니 빨간 도장으로 비(秘)자가 찍혀진 직무명세서, 작업내용서, 소요인력판단서 등 상세기록이 있었다. 물론 반출은 안돼서 사례 1장씩만을 구해서 돌아왔다. 일본 수퍼바이저에게 물었다. “당신 얘기로는 관행으로 하는 것이지 그런 사례는 없다고 하였는데 내가 일본에 가서 보니 이러이러한 정밀한 설계와 작업내용서가 있는데 의견이 다르지 않은가?” 이

사람이 웃으며 얘기를 한다. “그것은 어쩌면 당연한 얘기가 아닐까? 제철소 일의 내용을 명세한 직무명세서, 작업내용서, 작업의 강도, 그것에 대해 필요한 소요 기술 인력의 내용까지 전부 알려준다면 오랜 세월에 걸쳐 축적된 노하우를 거저 주는거나 마찬가지인데 우리는 교육훈련, 기술연수, 직무판단에 대한 기술 이전비를 전혀 받을 수 없는 것이 아닌가? 달라는 사람이 무리가 아닐까?” 라고 웃어넘기고 말았다. 안되겠다 싶어서 통상의 경우 직무명세서 직무분석이라 함은 현재 하고 있는 일의 내용을 시간동작 체크, 작업내용의 실제 등을 분석 연구하여 필요한 작업시간, 필요한 작업도구, 필요한 작업인력을 산정하는 것이 기본이다. 그러나 우리나라의 경우 아직 제철소 경험을 가진 사람도 없고 또 제철소 견학조차도 못해보았다.

우리는 서울대학교 박동서 교수를 모시고 주로 행정대학원팀 출신들로 8명의 직무분석반을 편성하고 추정직무분석(아마도 세계에서 처음일 것이다) 즉, 발생되지 않은 일을 추정하고 그것에 대한 소요기술과 인력을 산출한다는, 어떻게 보면 황당하기 짝이 없는 작업에 도전했다. 불철주야 매달렸다. 5개월여 시간에 걸쳐 마침내 작업을 마칠 수 있었다. 거의 사투를 하다시피 작업에 매달렸다. 여기에 종사했던 분들이 이미 돌아가셨고 또 아직 젊은 나이에 타계한 동지들이 있어 생각할 때마다 가슴이 아프다. 마침내 최종 보고서가 작성되고 임원회의에 특별보고를 요청해서 브리핑을 시작했다. 결론은 4직계 14직군 64직종 420개 직무의 4,268명이라는 판단서가 나왔다. 보고를 받은 회장(당시 사장)이 의장석을 손으로 탁탁 치면서 "좋다. 백만톤 제철소 운영을 내가 4천명으로 운영하겠다. 그대로 실시해" 라는 결론이 나왔다. 최종적으로 1973년 7월3일 종합준공을 하고 우리가 103만톤의 제철소를 완공했을 때 최종인력은 4,044명으로 청와대에 당시 보고된 숫자도 이 숫자일 것이다.

한번 생각해 본다. 만약에 우리가 비록 추정직무분석일 망정, 무모한 도전일 망정 이것이 없었다면 이 가이드라인을 만들지 못했더라면 일본 수퍼바이저 의견대로 만 명이었다면 그 인력 수요 판단과 그 비용, 그 일거리는 어찌 되었을 것이며 미국 수퍼바이저 얘기대로 1만 4천명 인력을 가지고 운용을 했다면 초기에 이익 도모가 가능했을 것인가? 인력이 중복되거나 오버되어도 그 사람들도 노는 것은 아닐 것이다. 「파킨슨 법칙」대로 일이 일을 만들기 때문에 서로 바쁘면서도 간섭사항이 생기게 되고 효율은 떨어지게 된다. 4천명 선으로 매듭지을 수가 있었고 이것으로 백만톤 제철소의 직무구조, 작업명세, 시간동작, 직무강도, 직무의 위험요소, 상응하는 직무가치 노동비용 등을 산출할 수 있었던 것은 포스코 성공신화를 이끌어가는 하나의 이정표를 마련했다고도 할 수 있을 것이다. 지난 세월을 생각해보면 당시 함께 수고했던 동지들의 노고에 거듭 감사를 드리고 이미 유명을 달리한 동지들에게도 삼가 명복을 비는 바이다.

오랜 세월을 함께 일하면서 조직에 적응하고 충성하며 최고경영자의 결심을 이끌어내는 노력 등 경영활동의 귀감을 부장과 이사와 회장의 위치에서 두루 보여주신 황경로 회장님께 깊이 감사드리고 황혼의 노년에 계속 강건하시기를 기원 드린다.

포철 850만톤 종합준공식

연 상 우

최종직위 : 총무부장 / 재직기간 : 1971~1982

1981년 2월 18일 오전 10시, 포항제철소 4고로 주상에 마련된 식장에서는 전두환 대통령을 주빈으로 내외 귀빈 300여명이 참석한 가운데 종합준공식이 성대하게 거행되었다. 행사에 참석한 외국 재계 저명인사는 155명에 달했으며 일본, 미국, 서독, 호주, 캐나다, 영국 등 철강계 주역들이 다 모였고 자가용 비행기를 타고 오기도 했다. 특히 일본 재계에서는 당시 일본 경단련 회장이던 신일본제철의 이나야마(稲山) 회장을 비롯하여 이토추상사의 세지마(瀬島) 회장 등 거물급 CEO 30명을 포함 총112명이 한꺼번에 내한하였다.

종합준공식은 박태준 사장님의 공사 경과보고로 시작되었

으며, 포항 4고로가 화입 되면서 850만 톤 대단위 일관제철소가 마침내 역사적 가동을 시작한 것이다. 1970년 4월 제1기공사의 첫 삽을 뜬지 11년 만에, 1968년 4월 회사 창립후 13년 만에, 우리나라도 비로소 대단위 일관제철소를 갖는 영광을 안게 되었다. 철을 지배하는 자가 세계를 지배한다고 했던가? 우리나라도 이제 조국 근대화의 원동력이자 중공업의 기초소재인 산업의 쌀 '철'을 자급자족할 수 있는 나라가 된 것이다. 당시 국내외 언론사는 앞다투어 포항제철의 성공적인 업적을 연일 보도하였으며, 조선일보는 "도전 정신으로 일군 위대한 업적"이라고 극찬을 아끼지 않았다.

특히 사장님께서 큰 관심을 가지고 직접 챙기셨다. 나는

850만톤 종합준공식

1980년 12월, 전산실 부장에서 총무부장으로 보직변경되어. 2개월도 채 안 남은 막바지에 행사를 총괄하는 상황실장으로 직접 참여하게 되었다. 상황실에는 이벤트 관리 현황판을 붙여놓고 전담요원들이 한창 분주하게 돌아가고 있었다. 나는 곧바로 행사 준비에 투입되어 대부분의 시간을 여기에 할애했다.

사장님은 공사 현장 순시 후, 사장실로 가시는 도중 1층 우리 사무실(준공행사 상황실)에 종종 들러, 행사준비를 잘하고 있는지 물어보시곤 하셨다. 하루는 퇴근시간 무렵 사장님이 오셔서 "행사는 결국 손님 영접이 핵심이야! 내가 최주선 부사장을 외국손님 영접 담당으로 임명해 놓았으니, 내일 한 번 찾아가 봐." 라고 하셨다. 다음날 최 부사장님을 찾아갔더니, "사장님이 연 부장 행사 준비 좀 도와주라고 하시던데…"라는 말씀에, 외국인에 대한 애로사항을 상의 드렸다. 그 무렵 초청대상자 450명의 R.S.V.P(참석여부)를 한창 받고 있었는데, 외국인은 참석 여부 및 입국 경로, 일자가 수시로 바뀌어 PC가 없던 그때로서는 수작업에 의한 관리가 여간 어려운 것이 아니었다. 그런데 최 부사장님의 아이디어로 외국인 '여행자 일정카드'가 만들어지고 이것이 행사 진행에 결정적으로 작용하게 되었다. 행사일이 임박해서 R.S.V.P를 마감하고, 영접 코스를 따라 리허설을 실시한 결과 대만족이었다. 최주선 부사장님은 업무상 해외여행 경험이 많으시고, 소탈하시며 정감이 넘치는 분이셨다.

한편 행사장 장식과 제철소 및 경주, 포항 요소마다 세울 아치와 행사소품에 대해서는 오래 전부터 준비해왔는데, 나는 단 한번의 보고로 사장님의 승인을 받아내기 위해 1안, 2안, 3안을 준비했더니 "그것보다는 이게 낫지 않아? 색상은 이게 좋겠는데" 하시면서 각종 아치의 문구까지도 하나하나 결정해 주셨으며 "자네들, 준비 많이 했구만."이라는 칭찬도 들을 수 있었다. 제철소 정문 상부 대들보에는 가로로 '경축' '850만톤 종합준공' 이란 타이틀을 쓰고, 대들보 위에 아담한 아치를 만들어 '철강은 국력' 이라고 써 넣었다. 중앙기둥에는 세로 두 줄로 '81 · 2 · 18 포항종합제철주식회사', 왼쪽기둥에는 '자원은 유한 창의는 무한', 오른쪽 기둥에는 '최신의 설비 최고의 기술' 이라고 써 넣었다. 지금에 와서 봐도 이 문구들에 함축된 의미를 되새겨 볼만하지 않은가? 특히 '철강(鐵鋼)은 국력(國力)' 이란 문구는 1978년 4월 1일 우리 회사 창립 10주년을 기념하여 박정희 대통령께서 직접 내려주신 휘호에서 유래된 것이다.

오찬장 준비에 대해서 사장님은 다음과 같은 아이디어를

내셨다. “신라호텔은 양식부, 롯데호텔은 일식부, 플라자 호텔은 중식부, 조선호텔에는 한식부를 맡겨 경쟁을 유도해서 좋은 음식을 써브하도록 해봐. 이번에 전 세계적으로 대단한 VIP들이 대거 내한하는 만큼 각 호텔에서도 아주 좋은 선전기회가 되지 않겠어?” 이로써 실무진의 고민은 일거에 해소되었다. 우리는 대통령이 참석하는 A급 행사로서 참석예정 인원수와 인당금액만 알려주고 나머지는 각 호텔에 일임했다. 결과는 놀라웠다. 4개 호텔에서는 즉각 임원을 포항에 내려보내 현장답사를 하고, 복지관 넓은 홀의 4개 코너에 각자 자리를 잡고, 식당 데코레이션 역시 아주 호화롭고 품위 있게 꾸미면서 경쟁적으로 준비를 했다.

외국 손님들은 2일 전부터 입국하기 시작했으며 영접 담당자들이 여행자 카드를 갖고 공항에 나가서 호텔까지 안내한 후 속속 상황실로 보고해 왔다. 단 한 건의 차질도 없었다. 행사 전날 외국손님은 경주 3개 호텔에, 국내 손님은 회사 영빈관(백록대, 청송대, 영일대)에 분산 투숙함으로써 모든 상황은 확정되고 청와대 경호팀의 보안점검까지 마친 상태였다. 이날 밤 10시경 상황실 요원들은 내일의 행사를 위해 모두 퇴근시키고 나 혼자 상황실을 지키고 있었다. 밤 12시 정각, 상황실의 전화 벨소리가 요란하게 울렸다. ‘주빈의 영접에 대한 정보'를 밤 12시에 경호실 담당관으로부터 받기로 이미 약속되어 있었다. 나는 그 내용을 즉시 효자 A동에서 기다리고 계신 사장님께 전화로 보고 드렸다. "음, 수고했네." 사장님은 내가 보고하는 내용을 머릿속에 그대로 각인시키고 계신다는 느낌을 받았다. 나는 이날 밤새도록 자지 않았다. 잠이 오지 않았다. 그 이튿날 행사 당일에도 전혀 피곤하거나 졸리지도 않았다. 1981년 2월18일 드디어 행사 D데이의 날이 밝았다. 구름 한 점 없는 화창한 날씨에 바람까지 잠잠하니 잔치하기에 더할 나위 없이 좋았다. 오전10시, 4고로 주상의 행사장에서는 종합준공식이 엄숙히 거행되었다. 국민의례에 이어 박태준 사장의 공사경과보고 후 전두환 대통령의 포상수여 및 치사가 있었으며, 이어서 4고로 안전조업을 기원하는 제례를 올리고, 드디어 전두환 대통령 및 박태준 사장을 비롯한 VIP가 원화봉송 주자들이 호송해온 원화를 화입봉에 붙여 화입을 실시했다. 이어서 조업요원들이 송풍을 개시함으로써 4고로는 정상조업을 시작했으며, 이로써 성공리에 종합준공식을 마치게 되었다.

식을 마친 손님들은 종합복지관 오찬장으로 이동, 오찬을 즐기면서 환담의 꽃을 피웠다. 오찬 시작 후 3, 40분 정도 지났을까 한창 분위기가 무르익어갈 무렵, 주빈이 오찬장을 떠나게 되어 사장님은 공항까지 배웅하러 나가셨고 손님들은 이제 끝나는 것으로 알고 한 분 두 분 오찬장을 빠져 나가기 시작했다. 그런데 잠시 후 사장님이 공항에서 주빈의 배웅을 마치고 다시 오찬장으로 돌아오셨다. 이 소식을 들은 손님들, 특히 외국 분들이 다시 우~ 몰려와서 우리 사장님과 너도나도 사진을 찍으며 얼싸안고 난리가 났다. 음식과 와인이 그대로 남아 있으니 여기저기서 다시 시끌벅적 분위기가 되살아났다. 이 광경을 우리들은 흐뭇하고 자랑스럽게 보면서 "역시 우리 사장님은 알아준다니까!" "외국에서 더 알아주잖아." 라고 맞장구치면서 행사준비에 고생한 졸병들도 남은 음식을 먹으면서 그동안의 피로를 풀 수 있었다. 종합준공 행사를 마친 며칠 후 임원간담회 자리에서 사장님은 "총무부장! 이번 행사를 참 잘 했어! 자네 팀원들이 수고 많았다. 어떤 사람의 머리가 조직적인지, 얼마나 머리가 좋은가를 알아보려면 큰 행사를 한번 맡겨보면 알 수 있어. 혹시 뭐 건의할 사항이 있으면 말해 봐!" 하고 치하해 주셨다. 그때 나는 사장님께 박종표 서무계장의 업무능력은 자타가 인정하지만, 학력이 고졸이라 3급 승격이 안 되고 있으니 특별승격을 시켜주실 것을 건의 드렸다. 박종표는 그해 4월 정기승진 때에 3급으로 승격되었으며 당시 인사규정으로서는 파격적 인사였다.

30년 전 종합준공식 행사를 회상하니, 여러 감회가 새롭게 떠오른다. 그때 행사를 준비하면서 "박 대통령께서 준공식에 참석하셨다면 얼마나 좋았을까! 우리 사장님도 더욱 신나실 건데…." 애끓는 아픔과 아쉬움을 느꼈던 기억이 새롭다. 민족중흥을 꿈꾸며 종합제철의 완공을 그렇게도 염원하시던 박정희 전 대통령이 그날의 포항제철 위용을 못 보시고, 안타깝게도 2년 전에 이미 서거하셨으니 참으로 허망했다. 박대통령은 포항제철 공사현장을 11번이나 다녀가셨다고 한다. 그때마다 "박 사장! 공사는 잘되고 있나? 애로사항 있으면 말해. 공기연장 말고는 다 말해봐. 공기 연장만은 안 돼!" 라고 하셨다. 준공 행사 당시 아무런 내색 없이 꾹 참고 계시던 사장님은 그로부터 다시 11년 후, 1992년 10월 광양제철소 종합준공을 마치고, 4반세기 대역사 종합준공(조강연산; 2,080만 톤)에 대한 보고를 동작동 현충원 박정희 대통령 묘소에 가서 하시게 된다. "각하의 부름을 받고, 제철공장 건설에 매진한지 어언 4반세기, 하명하신 임무를 마치고 이제야 보고 드리게 되었습니다…" 세로로 쓴 흰 두루마리 길고긴 보고문을 읽으시면서 박태준 회장님은 한없는 눈물을 쏟아냈다.

인고의 4반세기, 막중한 책임에 따른 중압감과 제철보국을 향한 고뇌의 산물이었다. 작년 12월 우리 회장님도 뜻밖에 박정희 대통령 옆에 가게 되셨으니 두 분은 좋으시겠지만 남아 있는 우리들의 그리운 마음은 어찌 할고? 문득 한용운의 시 한 구절을 떠올리며 글을 맺는다.

"님은 갔습니다. 아 아 사랑하는 님은 갔습니다.(…) 아아, 님은 갔지마는 나는 님을 보내지 아니하였습니다."

신입사원 시절의 작은 이야기

이 구 택

최종직위 : 대표이사 회장/ 재직기간 : 1969~2007

나는 69년 6월초 기획관리부에서 일을 시작했다.

포항에서 3개월간의 수습사원 교육을 받고 첫번째 보직을 받은 곳이었다.

당시는 회사가 설립된지 1년 남짓 된 때로 회사를 만들어 가는 시기였기 때문에 기획관리부에는 정말 일이 많았다. 황경로 부장을 중심으로 약 30여명의 인원이 일하고 있었다. 다양한 전력과 경험을 가진 독특한 개성의 사람들이 다수였는데 황경로 부장의 탁월한 리더십 아래 강한 추진력을 가진 유능한 조직으로서, 이 그룹은 후일 사내에서 황사단으로 애칭되는 그룹의 모체이기도 하다.

이 그룹에 근무하게 된 나는 첫날부터 성화장 중국음식으로 저녁을 때우고 밤 11시 반에 퇴근했으며 이런 일과는 그후 2년 동안 지속되었다. 가끔 기술수당(지금은 없어졌지만 당시에는 공과대학 졸업생에게 주는 일종의 전문수당)을 받는 죄(?)로 이동춘씨의 짓궂은 농담의 대상이 되기도 했지만 매일매일이 바쁜 가운데 즐거운 하루였다.

나에게 처음 주어진 일은 국정감사 준비 업무였다. 회사 전반에 관한 보고 자료를 슬라이드로 만들고, 설명 자료를 쓰고, 예상 질의응답서를 만드는 등 워낙 중요한 일이라 당시 황경로 부장이 직접 하시고 나는 보조 역할이었다.

그러나 용어조차 생소한 초짜 신입사원으로서는 보조역할도 실수투성이였고 밤새 준비한 자료는 그 다음날 일순간에 휴지조각이 돼버리기 일쑤였다. 난생 처음 무력함을 느꼈다. 모두들 바쁜 틈에서 특별히 가르쳐 주는 사람도 없고 달리 방법이 없어서 회사에서 발간된 유인물을 읽기로 했다. 당시 옆자리의 주수현씨(지금은 고인이 되었다)가 유인물 검수원이었기 때문에 회사에서 만드는 모든 유인물의 사본이 기획관리부에 있었고 그 유인물의 양은 엄청났다. 분야를 가리지 않고 모두 읽었다. 이런 가운데 어느덧 10월이 되어 국정감사 예행연습도 했고, 마침내 국정감사일이 되었다.

당시 국회 상공분과위원회에는 김영삼, 김대중 두 분을 포함한 유명인사가 많았고 야당은 포항제철 건설에 반대해 왔기 때문에 5층 회의실에는 긴장감이 넘쳤다. 회사 전 임원이 배석한 가운데 박태준 사장께서 직접 보고하시고 황경로 부장이 포인터 역할을 했으며 내가 맡은 일은 슬라이드를 넘기는 일이었다. 보고 자료는 슬라이드 약 40장으로서 30장은 회사 현황에 대한 자료이고 마지막 10장은 현장 사진이었다.

슬라이드가 비쳐지면 박사장께서 준비된 설명자료를 읽는 형식으로 순조롭게 진행되다가 문제는 현장 사진 설명 가운데에서 발생했다. 박태준 사장께서 설명자료 두장을 붙여 넘겨 버리셔서 슬라이드 사진과 설명 내용이 전혀 맞지 않게 된 것이었다.

건설초기 POSCO 국정감사

순간적으로 고민이 되었다. 가만 있자니 국회의원 중에서 '박사장 지금 무슨 설명하는거요?' 하는 질책이 튀어나올 것 같기도 하고 설명 도중에 슬라이드를 바꿀 수도 없고 정말 진땀나는 순간이었다. 그러나 다행스럽게 현장 사진 설명이었기 때문에 금방 잘못된 것을 지적할 것 같지는 않다는 판단으로 그냥 놔 두었다가 박사장님의 설명이 끝나자마자 슬라이드를 두장 연속해서 넘겨 버렸다. 그랬더니 박사장께서 화면을 슬쩍 보시더니 설명 자료를 다음 장으로 넘기시며 자연스럽게 계속되었고 별 탈 없이 보고가 완료되었다.

이렇게 해서 나의 첫번 타스크는 완료되었다.

작은 에피소드이다. 이제 생각해보면 그렇게 긴장할 일도 아니었다. 잘못 됐으면 바꾸면 되는 것이다. 그러나 그때는 정말 긴장했었던 것 같다. 40년이 지난 지금도 모든 것이 생생하게 기억되기 때문이다. 그후 언젠가 청와대에서 보고 슬라이드 순서가 잘못되어 담당 공무원이 문책 당했다는 신문기사를 읽고 혼자 쓴 웃음을 지었다.

이렇게 해서 나의 포스코 40년 인생이 시작되었고 기획관리부 신입사원 2년의 경험은 내 인생에 정말 훌륭한 밑거름이 되었다.

그리고 그때 계셨던 분들이 지금도 그립다.

우리도 잘할 수 있다

이 덕 표

최종직위 : 설비전산과장 / 재직기간 : 1971~1977

근래 들어 신문지상에 보도되는 일본 가전업체들의 천문학적 숫자의 적자 결산과 구조 조정을 위한 인력감축 등의 기사를 보면서 포항종합제철㈜에서 근무하였던 1970년대에는 누구도 이같은 상황이 올 것이라고는 예상하지도 못했고 상전벽해(桑田碧海) 같은 일이 벌어졌다고 밖에는 설명할 수가 없을 것 같다.

우리 세대에서는 도저히 일본을 추월할 수 없을 것이라는 생각이 들었지만 몇몇 분야 등에서 우리나라 기업이 일본 기업들보다 선전하고 있다고 하니 이 세상에 영원한 승자는 없다는 사실을 더욱 절감하게 된다.

우리도 잘 할 수 있다고 하는 믿음이 허황된 것이 아니라고 하는 증거들이 쌓여가고 있다는 사실이 우리 국민들을 기쁘게 하고 힘을 주고 있다고 본다.

하지만 우리도 이제는 신일본제철㈜과 어깨를 겨룰 정도까지는 왔다고 하는 긍지도 필요하겠지만 때로는 우리가 건설 초창기에 가졌던 초심으로 돌아가는 겸허함도 필요하다고 생각된다.

초창기 시절 POSCO에서 경험한 담당업무 분야에 있어서 일본과의 기술격차로 인하여 느꼈던 막막했던 감정과 언제 일본을 좇아갈 것인가 하는 조바심이 나를 괴롭히던 시절이 생각난다.

KIST에서 근무하던 중 업무관계로 POSCO에서 기술고문으로 일하시던 김철우 박사님을 알게 되었고, 그 분의 설명으로는 앞으로 POSCO에 설비전산(process computer) 도입이 매우 중요한 일이 될 터인데 POSCO에 입사하여서 이를 담당하지 않겠느냐는 그 분의 제안으로 POSCO에 입사하게 되었고 입사에서 퇴사까지 오로지 그 일만을 전담하였다. 이러한 분야는 그 당시만 하여도 누구도 경험자가 없었기에 백지 상태에서 출발하였다.

POSCO와 Yamatako-Honeywell(주)의 도움으로 세 사

람이 1년간 일본에서 기본 연수를 이수하고 곳곳의 신일본제철㈜, 일본강관㈜의 제철소 견학을 할 기회가 있었다. 연수기간 중에는 Yamatako-Honeywell㈜에서 주임급 한사람을 연수업무 담당자로 지명하여 주었고 우리의 연수 계획을 주관하였다.

계장제어와 관련된 분야가 연수의 중심이었고, 각종 산업분야에서 활용되는 계장제어방식, 제어 밸브의 종류, 구조 및 특성, 제철소에서 사용되는 유압제어방식, 설비전산 등이 연수과정에 포함되어 있었다.

연수 장소는 해당 분야를 담당하고 있는 공장이나 해당기업에서 이루어졌었다. 지금도 연수중에 받은 인상으로 기억

기술용역계약 체결

되고 있는 것은 우리가 받은 연수 내용도 크게 보면 Yamatako-Honeywell㈜의 신입사원 연수 수준이라는 것과 일본은 각 분야가 설계와 제작이라는 엔지니어링의 근본에서 출발한 기술이고 우리는 사용자 입장에서 출발한 기술로서 그 벽을 넘기가 실제적으로 매우 힘들것이라는 자괴감을 느꼈던 점이었다.

연수를 끝내고 귀국 후부터는 회사의 설비전산 도입 기본계획 수립이 과제가 되었다. 이를 위하여 일본을 비롯한 세계 각국 제철소의 설비전산 도입 실태에 관한 문헌을 상당기간 검토하였고 당시 회사에서 추진한 사무용 계산기 도입 기본계획도 고려하였다.

설비전산은 조업기술에 정통한 현장 기술자의 설비전산화 추진팀 참여가 조업이 함께 가야 하는 상태였기 때문에 여러 가지 어려움이 예상되었으나 전 공정을 대상으로 순차적으로 도입하기로 방침을 정하였다.

기술 습득 기간을 단축시키기 위하여 물리적 공정의 대표격인 제1 열간압연공장(포항), 화학적 공정의 대표적인 제1제강공장(포항)의 설비전산 도입은 신일본제철㈜, 일본강관㈜으로부터 기술도입을 하기로 하였다.

회사의 경영진이 장기적이고 심층적인 관점하에서 적극 결정하여 주셨기에 가능했던 일들이었다. 이 업무를 하면서 만나본 신일본제철㈜과 일본강관㈜의 기술분야 전문가들의 해박한 지식에 깊은 감명을 받았었다.

그들은 모두 기본에 충실하였고 많은 공부를 하였으며 자기가 맡은 분야에서는 누구에게도 뒤쳐지지 않겠다는 자긍심들을 갖고 있었다.

비록 POSCO가 일본보다는 그 출발선이 많이 뒤쳐졌지만 각 전문분야에서 일본보다 더욱 우수한 전문가들이 많이 배출되어서 스승보다 더 나은 제자가 되기를 기대해 본다.

포철 인연 4반세기

이 동 춘
최종직위 : 상임감사 / 재직기간 : 1975~1998

혜화초등학교 졸업 60주년, 법대 졸업 50주년이 되는 2013년에 사회생활의 반을 포항제철에서 보낸 세월을 회상하노라면 당당(堂堂)과 곡절(曲折)의 연속이었습니다.

대학 국비장학생과 강직한 성격으로 국영기업을 선호하여 대한석탄공사에서 사규집(社規集)을 정비발간한 것이 연이 되어 포철 기획관리부(部長 黃慶老) 사규담당으로 발령받은 때가 1969년 3월이었습니다. 이후 성장(成長)의 조숙(早熟)과 의식(意識)의 지체(遲滯) 사이에서 고민을 하면서도 Under Management에서 Better Management로 Up Grade 시키고 인적자원(人的資源)의 소비화(所費化)와 노동(勞動)의 인간화(人間化)에 미력을 다하여 포철을 경쟁우위(Competitive Advantage)의 반열에 올려놓는데 일조(一助)하였음을 자긍(自矜)합니다.

제반 사규제정과 직제정원 등 조직기구 설정, 퇴직금 누진, 직능급 성과 배분 등 급여체계의 개선과 직능 전문화 중심의 직급체계 개선, 4조 3교대 근무 등 복무기준 혁신, 무재해운동, 자주관리운동 확산 등 인간존중 경영 실현, 엄정, 투명, 공정, 형평의복무기강 확립, 소명, 검약의 직업윤리(職業倫理) 생활화 등에 주도적으로 참여하였습니다.

특기하고 싶은 것은 1970년 1월 공포된 철강공업육성법(鐵鋼工業育成法)과 개정된 조세감면규제법(租稅減免規制法)에 힘입어 성장을 거듭, 1981년 조강생산 850만톤 제철소를 목전에 둔 1979년 5월 기업체질강화(企業體質强化) 5개년계획을 입안 보고하여 Global 기업으로서의 좌표 설정과 함께 경쟁우위 기반 확보책을 제시한 것입니다.

추기한다면 포철로의 흡수합병에 따른 제2제철소 사업(1975.11~1975.4)의 무산은 유감스러운 일로 남으며, 1972년 10월 유신헌법에 관한 임직원 해설교육과 함께 세 번

(1975, 1988, 1993)의 퇴사 후 재입사는 유쾌하지 않은 기억입니다.

원산에서 1,2학년, 서울에서 3,4학년, 부산에서 5,6학년을 보낸 초등학교 재학, 1947년 월남하여 삼촌 한분을 잃은 6.25사변 후 장남인 저를 비롯한 5남매를 키우고 가신 부모님을 다 잃은 고아가 된 지금 터진 맹장 수술 1개월 입원에서 비롯된 가톨릭 귀의(歸依), 바티칸 교황청에서의 요한 바오로 2세 알현, 퇴임 후 세상 끝 날까지 해후(邂逅)할 수 있는 성품 좋으신 선후배님들, 총각에서 할아버지까지로 변신, 손녀들의 베이비시터(Babysitter) 역을 기꺼이 하게 된 건강 등이 하느님께서 주신 은총입니다.

밴쿠버의 에비앙 사건

이 동 희

최종직위 : 대표이사 사장 / 재직기간 : 1977~2010

지금 생각해봐도 포스코 입사는 나의 운명이었던 것 같다.

내가 대학을 졸업한 1977년은 지금 생각해도 경기가 좋은 해였던 모양으로 취업원서를 내는 곳 마다 합격통지가 왔었다.

당시 포스코가 처음으로 학장 추천으로 신입사원을 채용하겠다고 하며 새마을열차 우등칸 좌석을 보내 왔는데, 지방이라 좀 마뜩치는 않았으나 일단 한번 포스코 오리엔테이션에 참가하기로 하였다.

그런데 영일대 숙박과 열연공장의 압연과정 견학은 나에게 오랜만에 돌아온 내집의 편안함과 함께 숨이 막힐 것 같은 다

이내믹한 감동을 주었다.

그래서 나는 첫눈에 반하여 결혼하듯 단숨에 입사를 하고 6주간여의 교육을 마치고 배치받은 곳이 회계과였다.

학교때도 회계가 그렇게 하기 싫어서 도망다니느라 세무회계는 거의 과락 수준인 D를 맞았던 터라 나름대로 무역업무를 해보겠다고 무역영어에 관심을 갖고 요즘은 쓰지도 않는 소위 '텔렉스영어'를 외운다며 공부를 하고 배치 희망부서를 분명히 판매부서로 지원했는데 원치않았던 회계과로 배치된 것이었다.

더구나 함께 배치 받은 동료는 서울 상대를 졸업하고 대학 2학년 때 벌써 회계사 시험에 합격하고 졸업까지 기다리기가 지겨워 3학년 때인가 세무사 시험까지 합격한 수재인 박기환 씨(입사 일년후 쯤 포스코를 퇴직하여 포항시장, 국회의원 출마, 청와대 비서관 경력 등 정치권에서 성공하셨음)였다.

회계과장은 세상에 무섭다는 차동해 과장님이었고 동료는 회계를 마스터한 수재였으니 근무하고 싶은 마음이 있을리 없었다.

당연히 그는 회계 중 가장 어렵다고 하는 차관회계를 담당하고, 나는 전표 분류와 일반관리비 경비과목을 맡았으니 비참한 느낌이 아침 저녁으로 끓어 올랐다. 솔직히 그 당시 나는 소위 상대를 졸업했으나 사실상 차변, 대변의 의미를 잘 몰랐을 정도였다.

그런 탓에 정말 오기가 생겼다.

주경야독으로 회계 아니 부기부터 공부했다

학교 때 그렇게 공부하였더라면 일가를 이루었을 텐데 뒤늦게 철이 들었나 보았다.

그런 와중에도 당시 잔신이 하는 일에는 성실하게 했던 것 같았다. 뒷면이 먹지인 전표를 분류하면 손가락이 시커멓게 되는 데도 불구하고 전표의 내용들을 파악하느라고 정신이 없었다.

나중에는 한글자만 보아도 이 건은 거래내용이 무엇이라고 알아챌 정도가 되었다.

몇 년도인지 기억은 안나지만, 원료를 싣고 가던 해당화호가 침몰하는 사건이 발생한 적이 있었다. 이때 나는 안타까움보다는 이럴 경우에 보험은 어떻게 작동하고 운송 조건들은 어떤 것이 있으며, 회계 처리는 어떻게 하는 것이 맞는 것인가에 더 신경을 쓸만큼 직업의식에 몰두한 적도 있었다.

덕분에 신입사원 때에 회사 전부문의 업무를 나름대로 섭렵하게 된 것이다.

이제 생각하니 "여름은 우리를 살찌게 하고 겨울은 우리를 단단하게 한다"는 말이 실감나게 느껴진다.

그렇게 한 2년쯤 하고 나니까 회계업무가 무언지 좀 알 것 같았다.

그래서 당시에 감사실장님으로 계시던 송기환 실장님께 "감사실로 보내주면 회계사 공부 좀 하고 싶다"고 하였는데 "나중에 10년 후에는 회계사 자격보다는 영어 공부를 열심히 해놓는 것이 더 쓸모가 있을 것"이라는 충고를 받아들인 결과 자격증 하나도 없는 사람이 되고 말았다.

그런데 포스코 33년을 지나고 이제 무역회사인 대우인터내셔널에 와서 무역업무를 하고 있다는 사실이 무척 아이러니컬하게 느껴진다.

아마도 1983년 가을이었던 것 같다.

천정 모르고 가격이 올라가는 원료 시황에 대응하기 위해 원료탄 자급율을 높일 목적으로 포스코는 캐나다 Greenhill 광산에 지분 20%를 투자하면서 카나다 밴쿠버에 포스칸 사무실을 개설하고 나는 재무요원으로 평생 처음 해외 근무를 하게 되었다.

그런데 아직도 잊혀지지 않는 일은 교민 한 분의 말씀이 "누구 빽으로 캐나다를 오게 되었느냐?"는 것이었다.

그 분들은 정말 몇 백불을 들고 이민 와서 건설현장, 물고기 가공업체, 세탁소 근무 등 갖은 어려움을 경험하였으니 본국에서 날아온 새파란 계장급이 눈 시렵게 보였을 터였다.

그 같은 경험 덕분에 나는 이후부터 교민들과의 관계를 무척 조심하게 되었다. 그런데 나로서는 시간이 나는대로 영어 공부를 하였음에도 캐나다에 처음 도착하니 완전 귀머거리요, 벙어리였다.

외국인을 외국인으로 대접해주면 조금 알아듣겠는데 영어는 당연히 잘할 것으로 인정하고 속사포를 쏘아대니 알아들을 길이 없었다.

그 과정에서 캐나다에 도착한지 불과 2~3개월도 안되어서 그린 힐 광산이 공식 준공식을 하면서 박태준 당시 사장님이 현지를 방문하셨다.

입사한지 5년밖에 안된 계장 계급이었으니 최고 경영자가 오신다는데 바짝 긴장하지 않을 수 없었다.

사장님이 묵으실 호텔은 바다 옆에 있는 정말 좋은 호텔이었고 그 중에서도 최고의 방을 예약하였다.

11시경에 공항에 도착하여 호텔까지 당도하는 시간은 약 1시간 정도였다.

그런데 사장님은 추위를 싫어하셔서 방안 온도가 23도 내외가 되도록 만들어 놓아야 하고, 물도 장(腸)이 별로 안 좋은 탓에 가스가 없는 에비앙만 드시니 미리 호텔에 가서 준비하는 것이 나의 임무였다.

안 되는 영어로 손짓 발짓으로 매니저에게 에비앙을 냉장고에 넣어 달라고 했더니 캐나다 서부는 물이 너무 좋아서 프랑스 음료수인 에비앙을 안 먹고 생수를 그대로 마시며 에비앙과 비슷한 다른 것으로 채워 놓겠다고 하였다.

그때까지 에비앙을 본적도 없는 포항 촌놈인 나는 별 신경 안쓰고 쉽게 생각하고 말았다.

그 다음은 방안 온도를 맞추어 놓아야 해서 예약한 방으로 갔는데, 그 방은 최고급 손님들이 숙박하기 때문에 거의 12시까지 그 전 날 예약한 사람이 아직도 쓰고 있어서 온도 체크는 커녕 청소 조차도 불가능한 상태였다. 시간은 닥쳐오고 방은 안 빼주고 정말 발만 동동 구를 수 밖에 없었다.

정각 12시가 되고 숙박한 손님이 나가자 마자 메이드를 직접 붙잡아 와서 급하게 청소를 시켰는데, 아뿔싸 마지막 침대 시트를 걷어 나가는데 회장님 일행이 들어오시는 것이었다.

그래도 회장님은 아무 말씀도 없이 방안에 들어가서 조금은 춥다는 표정을 지으시며 약을 손바닥에 들고 에비앙을 가져 오라는 것이었다.

에비앙은 캐나다에는 없고 다른 것으로 준비되어 있다고 말씀 드리니 그러면 보리차로 가져 오라는 것이었다.

그러나 캐나다 호텔에 보리차가 어디 있겠는가?

급하게 뛰어나가서 프론트에 물어보니까 캐나다 동부는 물이 나빠서 아마도 동부로 가는 물류창고에 에비앙이 있을 것이라고 하였다.

나는 허락도 없이 회장님이 타고 오신 리무진을 급하게 타고 물류창고로 차를 몰았다. 지금 생각해도 물류창고에서 어떻게 에비앙 한 박스를 샀는지 모르겠다.

하여튼 그렇게 하여 목이 떨어졌다가 붙은 상태에서 광산까지 수행하면서 옆구리에는 에비앙 한 병을 꿰차고 다녔다.

그 뒤로는 회장님이 오신다면 뉴욕 사무소에서 한 박스를 공수 받아 해결하였다.

에비앙 때문에 고생을 한 나는 남은 에비앙 한병을 집에 들고 가서 먹어보았는데, 차라리 캐나다 생수보다 별반 나은 것도 없는 것 같았다.

나는 이 사건을 에비앙 사건이라고 하면서 지금도 혼자 생각으로 웃음을 짓곤 한다.

요즈음도 그때 만약 정타를 맞았다면 지금까지 생존도 못하였을 것이라며 목을 만져보고는 한다.

대우 인터내셔널에 와서 보니까 내가 포스코에서 무엇을 배웠는지 새삼 자랑스러운 느낌이 든다.

그래서 나는 대우인들에게 "당신들에게는 상인의 피가 흐르고, 나에게는 군인은 아니지만 군인의 피가 흐른다. 서로 태생은 달라도 국가와 국익을 위해서 무언가 열심히 하여야 한다"는 것을 자주 말하곤 한다.

그 당시 함께 근무하셨던 이원희 사장님은 운명을 달리하셨고,가곡을 정말 잘 부르던 신승근 사장님과 나에게 운전을 직접 가르쳐 주신 전우성 사장님께 감사의 말씀을 드린다.

옛날 이야기

이 용 만

최종직위 : 냉연공장 주임 / 재직기간 : 1972~1995

포항 출장

서울 자금부에서 근무할 때의 일이다. 자금계획과에는 대정부 업무가 있었다. 이 일은 정형화된 일이 아니었다. 정부의 창구 역할을 하는 일이어서 시도 때도 없이 일이 생겼다. 예측 불허였다. 수시로 관련부서를 들러 사항을 파악하곤 했는데, 갑작스럽게 생기는 일도 빈번하였다.

그날은 유난히 조용한 날이었다. 따라서 미루어 놓았던 포항 출장을 가기로 하고 보고서 준비를 하고 있는데 상공부에서 전화가 왔다. 자료를 가지고 들어 오란다. 서둘러 일을 마치면 출장에 지장이 없을 것 같았다. 상공부에 도착하니 사무관 왈 "포항 출장 간다고? 내일 첫 비행기로 가도 지장 없잖아?"라고 하면서 여직원에게 변경을 부탁한다. 직원은 흔쾌히 전화를 들더니 오후 비행기를 내일로 변경 부탁하는데 대한항공 쪽에서 연락처를 요구하였나 보았다. 그녀는 화끈하게 "여기는 정부인데요"하고 끊었다.

다음 날 김포공항으로 나갔다. 너무 일찍 나갔는지 어떤 남자직원 혼자 업무를 보고 있었고, 그도 다른 업무로 바쁜 터였다. 좌석 배정을 수기로 처리하던 때라, 그에게 표를 제시하였더니 좌석을 대충 기재하고 하던 일을 계속한다. 어두컴컴한 기내로 들어가 보니 좌석의 삼분의 일 정도의 승객이 앞쪽으로 앉아 있고 뒷좌석은 텅 비어 있는 상태였다. 내 좌석은 빈 공간의 한 가운데 자리였다. 창구직원이 바쁜 와중에 중복이 절대 될 수 없는 자리를 적당히 배정한 것 같았다.

짐칸에 가방을 넣고 앉으려고 할 때 입구에서 스튜어디스가 손으로 나를 가리키고, 그 옆에는 아까의 창구 직원이 손에 종이 한 장을 들고 나를 바라보고 있지 않은가? 영문을 몰라 의아해 하는데 나에게 다가오더니 표를 보여 달란다. 그러면서 사무착오로 좌석을 잘못 배정했으니 미리 마련된 좌석으로 옮기어 달란다. 그때만 하여도 곧 올 단체승객 가운데 자리가 배정되었나 하고 생각했다. 그 직원은 거듭 사과하고 나가면서 스튜어디스 에게 무슨 얘기인가를 하고 나갔다.

조금 있으니 스튜어디스가 한아름의 신문을 내 옆 빈자리에 놓고 가더니 또 음료수도 가장 먼저 서비스하는 것이 아닌가? 무엇이 잘못된 것 같아 곰곰이 어제 일을 생각하니 정신이 번쩍 들었다. 예약 명이 정부의 높으신 그분 이름과 같지 않은가. 이를 수습하기 위해 조금 떨어져 앉아 계신 관계회사 임원 앞으로 걸어가서 큰 소리로 "상무님 안녕하세요?" 하고 대화를 나누며 갔고 포항에 도착해서는 총알같이 공항을 빠져나갔다. 뒤를 흘끗 보니 트랩 밑에 몇 사람이 서성거리며 사라진 장관을 찾아 우왕좌왕하는 모습이 보였다.

반가운 사람

어둑어둑 해질 무렵 불쑥 반가운 사람이 찾아왔다. 우리와 업무적으로 관련이 깊은 모 부서에 비서로 있는 아가씨였다. 대정부 업무란 관련부서를 수시로 방문하여 의사 결정이나 자원 배정에 있어 불이익이 없도록 사전에 조치를 취하여야 한다. 이 업무는 마음이 맞지 않는 사람끼리 억지춘향 식으로 하면 괴롭다. 만나면 반가워하고 급할 때 타이핑 복사 등을 부탁할 수 있고 같이 차 마시며 환담을 나눌 수 있는 사람이 정부에 있으면 일이 훨씬 수월하지 않겠는가? 그런 의미에서 보면 이 여직원에게는 회사 선배 사원 때부터 신세를 져 왔었다. 유독 포항제철 직원에 대하여 귀찮은 일도 마다 하지 않고 도와왔다. 그런 사람이 찾아왔으니 반가울 수 밖에…

당시 우리 직원 중에 가끔 정부에 드나들곤 했던 직원이 있었는데 마침 방문한 이 아가씨를 능히 알만한데 모른척 하고 있어, 불러 세웠다. "미스 XX 몰라? 왜 인사가 없어?" 하니 이 친구가 엉뚱하게도 모른척 하며 "사모님 안녕하십니까?" 하지 않는가? 뒤에 알고 보니 그 아가씨는 우리 직원을 좋아하였고 우리 직원은 이미 결혼할 상대가 있는 상태였다. 안타깝게도, 그 직원은 암으로 세상을 떠났다. 참으로 잘 생긴 친구였는데….

IMF와 피말리는 자금운영

이 우 인
최종직위 : 상무 / 재직기간 : 1974~2004

청년 시절

육군 병장으로 제대를 앞두고 주위의 동료들이 '3년간 워커를 신어 보았으면 되었지. 평생 군 생활과 같은 곳을 가려고 하는가' 라는 만류를 뿌리치고 수습 7기로 1974년 8월 20일 포스코에 입사하였다. 다행히 학교 다닐 때 원가에 대한 이론적 공부를 많이 한 덕분에 무난히 원가 업무를 수행하였으나, 박봉(?)에 연일 계속되는 야근으로 동기생 모임에 단골로 빠지는 등 직장생활이 만족스럽지 못하였다. 예산과에 근무시 각 부서에서 많은 타 부서 직원들이 업무협의를 하러 왔을 때, 나도 모르게 짜증을 많이 내고 상대편에 마음의 상처를 얼마나 많이 주었는지 당시 상사로 계시던 분이 한번은 불러서 그런 자세로 회사에 근무해서는 성공적인 직장 생활이 어렵다는 따끔한 충고를 받은 뒤로는 많은 것을 깨닫고 주위를 둘러 볼 수 있는 시간을 가지게 된 것을 다행스럽게 생각한다.

그래서 人有譽我者 自反而必愼其後, 人有毁我者 自反而必改其先. "다른 사람이 나를 명예롭다고 하면 나는 향후에 행동을 신중하게 하고, 다른 사람이 나를 나쁘다고 하면 나는 먼저 한 행동의 잘못됨을 고쳐야 한다"를 평생의 좌우명으로 삼았다.

이후 원료부, 경영정책부 등 타부서 근무로 관리실 밖에서 관리실의 역할이나 다양한 업무를 접할 기회가 있었고, 대학을 졸업한지도 12년이 지나서 재무관리 분야의 신지식 습득과 업무를 좀더 이론적으로 뒷받침하기 위해서 대학원에 진학하였다. 상사들의 배려로 그야말로 주경야독을 하였으며, 재무관리, 투자사업의 실무와 이론을 확고히 할 수 있었다고 생각한다.

이 자리에서 나는 정말 운이 좋은 사람이라고 고백하고 싶다. 직장의 좋은 상사들을 만나면서 그들에게서 언제나 많은 조언과 신뢰를 얻었다고 생각한다. 진정으로 고맙고 존경스럽다. 나 또한 후배들에게 훌륭한 직장 선배가 되도록 언제나 마음가짐을 올바르게 갖도록 부단히 노력해 왔다고 말하고 싶다.

재무부문 담당 업무 수행과정

관리실 근무시에는 오로지 일하는 것이 취미이고 보람으로 일에 중독되어 있었던 것 같다. 일이 없으면 무언가 허전한 생각이 들기도 했다. 신입사원 시절 원가과는 모든 원가계산과 분석을 수작업으로 했다. 선행 공정인 원자재 수불명세서나 보조부문(동력, 공무, 관리) 배부 계산이 끝나면 공장별 원가 계산이 진행되는데 선행 공정에서 작업하던 모 사원이 "계산이 잘못됐다"고 말하면 후공정은 그 동안 했던 작업을 지우개로 전부 지우고 다시 계산해야 했다. 보통 야근을 하고도 다음달 15~16일 정도에야 원가 계산이 완료되었다.

예산업무도 수작업으로 했는데 정부출자예산, 기본예산, 실행예산, 분기영달서 등 밑도 끝도 없는 업무량으로 밤샘은 이골이 났으며, 당시 정부 투자기관으로 기본예산은 상공부를 거쳐 경제기획원에서 무자비하게 삭감 당하면 밤새워 예산안을 수정하여 작성하였다. 연도 운영계획과 예산을 편성하려면 생산, 판매, 원자재, 투자, 각종 경비, 자금 관리 등 전부서와 업무협의를 하여야 했는데 그 과정에서 많은 사람과 의견 조정 과정에서 다툼이 일어났고 더러는 친교를 맺기도 했지만 얼굴을 붉히는 경우도 많았다. 그러나 이러한 업무를 통해서 내가 회사의 중심에 서서 전사적인 관점에서 일을 한다는 자부심도 있었다.

또한 판매가격 인상을 위해서 상사들과 함께 서울의 호텔에서 일주일도 넘게 원가 작업을 하던 일, 국정감사에 대비해서 회사 전체의 질의 예상 답변자료 종합과 업무현황 보고서 작성, 감사원 감사를 단골로 받던 일, 제 2 이동통신사업 획득을 위해 3개월간 서울에 파견되어 활동하고 사업권을 획득했던 일, 각종 주요 업무 현황 등 보고서 작성을 전문 차트사에게 의뢰했는데 내용이 바뀌면 면도칼로 그 부분을 잘라내고 수정하여 짜깁기하던 일 등이 생각난다.

1974년도 입사하던 해에 회사에서는 하루에 1억원씩 이익을 낸다고 신입사원들에게 자랑하던 선배사원의 말씀에 나중에 확인한 결과 1974년에는 353억원의 이익이 났으며, 이는 포항 1기 투자비 총 1,215억원과 비교해 보면 초기에 회사를 반석 위에 올려놓은 것으로 판단된다. 재무적 관점에서 보면 1980년대 이후 1992년 4기 준공시 까지 막대한 자금 소요를 대비하여 전체 자금 조달 능력을 높이기 위해서 1984년에 고

정자산 기계장치 내용 연수를 15년에서 8년으로 단축하였고, 1987년에는 정액법을 정율법으로 변경하였으며, 1989년에 자산재평가를 실시하였다.

1994년부터 회사에 최초로 외부에서 오신 회장 체제로 나는 당시 관리부장으로서 회사 전반에 대한 현황을 브리핑 하였는데, 특유의 미소를 지으며 만족해하셨다. 얼마 후 첫 운영회의 때 당시 회장님께서 첫 말씀이 "저는 대단히 행복합니다. 농부가 봄부터 여름까지 많은 노력을 해서 풍년의 농사를 이룩하였고 나는(회사를 농사에 비유하면서) 결실의 계절인 가을에 와서 수확을 하는 것과 같다"는 말씀을 하셨다. 1994년 이후에는 고정자산에 대한 감가상각이 거의 완료되어 매년 순이익이 4천억원 대에서 8천억원까지 경영실적을 올리는 결과를 가져왔다.

1995년 초 조직개편으로 기획조정실 재무팀장으로 자리를 옮겨 중장기적인 전망을 하게 되면서 많은 고민을 하게 되었다. 매년 자체에서 창출되던 자금을 훨씬 초과되는 투자계획으로 매년 막대한 자금을 외부에서 조달해가야 하는 상황에서 당시 5개년 재무전망을 회장께 보고 드리는 과정에서 투자 시기를 조정해서 과다한 외부차입을 줄이고 불경기나 대외 여건 악화에 대비하여 투자시기 이연을 건의하였으나 받아들여지지 않았다.

결과적으로 보고 후, 2개월 만에 해외사업본부로 자리를 옮기게 되었다. 해외사업본부에서 1년 재직 후 1997년 1월 부도가 난 한보철강에 파견 근무를 하다가 그 해 8월에 자금부로 돌아와 자금기획팀장을 하였다. 이 때는 이미 국내외 경제상황이 극도로 나빠져서 모두가 경험한 IMF가 닥쳐온 해였다. 회사에서 자금 현황을 종합적으로 검토한 바 그 동안 과다한 투자로 인한 운영자금이 빠듯한 상황이었다.

IMF시 피말리는 자금운영으로 가슴 조여

어느 방송에서 해수면이 너무나 고요한데 바닷속은 그야말로 폭풍전야처럼 회오리를 치고 있고 그것이 어느 순간 수면위로 올라와 해수면이 거칠게 파도를 치고 배들이 난파하는 장면을 본 적이 있었는데 당시 포스코가 그런 양상이었다면 이해가 될까? 회사는 돌아오는 자금을 결재할 수 없으면 부도에 직면하게 되는데 지금까지 회사는 경제성이 있는 투자사업이면 자금 조달과는 무관하게 사업을 추진함으로써 외환위기에 대한 대비가 소홀하였다고 해야겠다.

1997년 11월 21일 외환위기로 인한 IMF 체제가 되자 모든 결재는 현금으로 하게 되었고 모든 금융기관이 자금 회수 및 동결에 들어감으로써 심지어 원료 조달에 따른 USANCE(금융기관 신용 공여) 활용이 불가능해져서 현금결재 요청을 하는 지경에 이르게 되었다.

모든 경영상황은 악화되어 판매부진, 생산량 감축, 이익축소, 자금부족, 투자축소, 경비절감 등 악순환의 연속이 진행되는 가운데 해외원료의 확보는 공급사와 협의하여 supplier' s credit나 외상 구매로 해결했다.

한숨 돌렸다고 할 즈음 설상가상으로 연말 수요가 송년행사가 진행되면서 당시 마케팅 담당 임원이 IMF 체제로 수요가의 어려운 자금사정을 고려하여 45일 외상을 90일로 연장해 주겠다는 파격적인 선심을 발표하였다. 당연히 자금부서와 협의해야 하는 상황에서 전혀 상의 없이 회장께 보고만 하고 발표를 하였다. 물론 수요가의 어려운 상황을 이해하나 당시 형편으로는 그대로 3개월만 지나면 회사는 부도를 낼 수밖에 없는 상황이었다. 이후의 회사 대책은 뼈를 깎는 노력을 하지 않을 수 없었고, 심지어 자사주를 해외시장에서 DR당 12달러(국내원주기준 주당 48달러)에 매각하는 것 조차도 대성공으로 자위해야 했다.

자금을 관리하는 사람 외에는 회사가 그토록 어려웠던 상황을 전혀 이해하지 못하였다. 포항제철이 그렇게 위험한 적이 있었던가 의아해하는 사람들이 많았다. 혹독한 IMF를 경험한 이후 회사는 체제를 정비하고 제2의 전성기를 구가하게 되었다. 그러나 그 어려운 상황을 겪으면서 언제나 자금을 담당하는 책임자는 어떤 상황에서도 올바른 판단과 직언을 서슴지 말아야 한다는 교훈을 얻었다.

최고의 경영 수업

이 호 경
최종직위 : 상무이사 / 재직기간 : 1969~1986

노인은 추억을 먹고 살고 젊은이는 꿈을 먹고 살아간다고 했던가. 고장 난 벽시계는 멈추었는데 흘러가는 세월은 멈추지 않고 유수와 같이 흘러가 버렸다.

회고컨대 43년 전인 1969년 정월 초 경력직 입사시험을 보던 날은 왜 그렇게도 눈이 펑펑 쏟아졌던지 당시 포항종합제철에 입사한다는 것은 10여년의 軍 경력 외에는 사회적 경험이 없었던 본인으로서는 무엇보다도 새로운 회사에서 새로운 사람들과 새로운 질서와 규범 속에서 국가적 대역사인 제철소 건설에 참여하여 희망차고 보람된 직장이 되리라 믿어 의 심치 않았다. 다음은 본인이 회사에 입사한 후 간부(특히 초급간부)로서 2~8년여 동안 맡았던 주요 보직을 중심으로 간추린 내용을 기술한 것이다.

1969년 3월 1일 KISA(국제제철차관단)의 포항 구매단 자재관리 담당요원으로 발령받고 강당에서 사장께 입사신고를 한 후에 당시 포항 구매단 직속 부장께 전입 신고차 인사를 드렸더니 첫마디가 "기다리고 있었소"라고 말씀하시지 않는가!

너무나도 인간적인 첫마디에 나로서는 당황하면서도 감동해 열심히 일을 해야겠다고 다짐했다. 그러나 그러한 다짐도 잠시 KISA와의 제철소 건설계획이 난관에 봉착하면서 1969년 7월에 포항사무소 관리부로 전보되었다.

포항제철소 건설계획은 최고경영자(당시 박태준사장)의 각고의 노력 끝에 차관 및 지원 계획이 일본으로 변경되면서 신일본제철에 건설 및 조업 연수계획이 확정되어 필자에게도 일본 연수의 기회가 주어졌다. 필자는 1969년12월부터 1970년 1월 초순까지 약 40일간 신일본제철 기미쓰제철소 건설본부에서 건설자재관리 및 수송관리 분야의 연수를 했다.

1970년 2월에는 포항제철건설소 자재부가 탄생하면서 "건설자재관리규정" "레미콘공급규정" 등의 제반 절차를 제정했으며 1970년 4월 1일 제1기 종합착공식과 더불어 자재 및 창고 관리 업무에 매진하게 되었다.

1972년 1월에 자재부 업무과장 대리를, 1972년 4월에는 포항제철소건설관리부 기획예산과장 대리로 전보되면서 새로운 경영관리분야에 입문하게 되었다.

기획예산과는 제철소 건설에 필요한 예산의 책정과 통제뿐만 아니라 운영계획의 작성 및 실행 보고 등 제철소 건설에 필요한 전 분야의 광범위한 업무가 주어졌다. 그 중에서도 중요한 것은 73년도 조업예산 편성이었다.

군에서 소비성 예산은 편성해 보았으나 기업예산 편성의 경험이 전혀 없었던 필자는 과도한 예산편성(특히 에너지부문)으로 본사 전체 예산심의에서 삭감 조정되고 이로 인해 2급 진급이 유보되는 시행착오를 겪은 적도 있었다. 그러나 무슨 운명의 장난인지 1972년 말에 서울 본사가 포항으로 이전하면서 73년 종합준공 대비 조업조직의 안정화와 경영관리 강화의 일환으로 본사 관리실에 심사분석과가 신설되었다,

초대과장에 이호경!

다시금 새로운 분야의 도전이 시작되었다.

아마추어 화가에게 도화지를 주면서 포항제철 건설과 조업을 병행하는 특수한 상황하에서 멋진 경영심사 분석이란 그림을 그리고 매월 10일 전 간부진이 모인 운영회의에서 보고하라는 막중한 업무가 부여되었다. 필자로서는 슬픈 경험과 초라한 도구와 인원밖에 없는데.

일본의 심사분석 책을 탐독하고 대한중석의 결산보고서 한국전력의 예실산보고서 등을 참조하여 원가계산, 생산, 판매, 구매(원료포함) 등 계획대비, 실적분석, 단위당 원가분석, 손익계산 등을 작성해서 보고했으나 애초부터 재무, 회계분야에 지식이 부족했던 탓으로 첫 운영회의 보고 때부터 시행착오와 미흡한 내용 때문에 많은 질책과 후회가 나를 더욱 힘들게 했다.

당시 관리실장, 차장, 원가과장들의 전폭적인 지지에도 불구하고 보고내용은 별로 충실치 못했기 때문에 관리이사께서 직접 나를 불러 심사분석의 목적과 정의, 자료수집 방법, 분석의 기술과 보고요령, 최고경영자께서 관심을 두시는 중점사항의 발굴과 실행방법 등을 직접 전수하고 독려했다.

그러한 노력과 성원 속에서 심사분석 업무를 맡은 지 10개월쯤 지나서 박태준 사장께서 직접 필자를 불러 가장 짧은 기간에 가장 완벽한 과를 만들었다고 칭찬하고 격려해 주셨다. 그 한마디에 그간의 힘들었던 일들이 눈 녹듯 사라졌다.

1973년 심사분석과장을 무사히 마치고 1974년에 조직개발실 조직제도과장으로 보직 변경되어 예비점검제도의 활성화, 기성제도의 신설, 정비관리센터에서 제철소 중요 설비관리 방법의 일환으로 고장개소의 조기경보시스템(signal)의 구축, 조업조직의 효율화 및 정원 관리의 철저 등 회사 발표에 필요로 하는 모든 제도의 개선, 개발에 온 힘을 기울이고 1974년 말 조직제도과장을 끝으로 경영관리 분야를 떠나 처음 입사했던 분야인 업무1과장으로 전보되었다.

특히 1975년에는 업무1과장에서 총무부장으로 승진하게

제2고로 화입식 (1976. 5. 31)

되었고, 1976년 5월31일 2기설비(260만톤) 준공식을 2고로 주상에서 박정희 대통령을 모시고 행사를 하게 되었는데, 전국에 실시간으로 중계되는 행사 진행의 사회를 하게 된 것은 참으로 기쁘고 영광스러운 순간이었다.

이로서 본인은 입사한 후 여러 부서에서 많은 경험과 지식을 습득함으로써 간부로서의 능력개발과 자질 향상에 크게 도움을 얻었으며 임원 승진에 기초가 되고 후일 자회사의 최고경영직을 맡게 되었다.

이는 필자가 맡았던 모든 부서의 상사님들께서 많은 지도편달이 있었기에 가능했던 일로서 이 지면을 빌어 감사의 마음을 전한다.

특히 나의 오늘날이 있기까지 많은 지도와 격려 및 기회를 주신 우리들의 영원한 회장님 고 박태준 회장님께 이 지면을 통해 감사 드린다.

포항제철과 더불어 35년

장 경 환

최종직위 : 사장 / 재직기간 : 1968~1993

원고를 청탁받고 이것저것 생각해보니 이제까지 인터뷰나 기고문에서 나의 지난날과 당시의 생각들을 거의 말했기에 새삼스레 또 무슨 말을 해야 하나 약간 어색한 생각이 든다.

이제 80을 넘어 지난 세월을 돌아보니 지나온 모든 일들이 주마등처럼 머리 속을 스쳐가는데 언제나 중심에 있는 것은 POSCO이고 나에게는 포항제철이 인생의 전부로 느껴질 뿐이다. 그리고 POSCO를 생각할 때 먼저 떠오르는 것은 존경하는 두 분, 고 박태준 명예회장님과 황경로 회장님이시다.

박회장님에 대해서는 그분에 대한 존경심과 나의 마음을

말씀드릴 기회가 여러번 있었기에 오늘은 황회장님과 나의 인연에 대하여 생각해보고자 한다.

대학 졸업후 대한중석에 입사하여 상동광산에서 근무하다가 서울 명동의 본사 기술부에 와 있었는데, 5.16후 박회장님께서 사장으로 부임하신 뒤 회사의 경영혁신을 위해 진력하는 과정에서 외부의 유능한 인사를 영입했는데, 그중의 한 분이 황경로씨였다. 내 기억에 황회장님은 당시 경영기획실 과장이었는데, 당시로서는 생소한 관리회계제도를 도입하여, 회사 경영혁신에 결정적인 성과를 올린 것을 비롯하여 많은 업적을 올리셨었다. 그 때 황과장님이 기술실에 있던 나를 당신의 수하에 두기 위해 반대하는 기술담당 상무님과 강하게 담판 설득한 끝에 결국 내가 경영기획실의 일원이 된 사실을 후일 알게 되었다. 그때부터 오늘까지 나는 황회장님 밑에서 지도와 훈련을 받으며 그 분을 존경하는 상사로 모셔왔다.

POSCO에서 내가 황회장에 이어 제2대 관리담당이사 직위를 맡았으며, 또한 후일 POSCO를 떠났다가 다시 돌아올 때도 황회장님에 이어 제2대 경영연구소 회장직을 맡은 것도 계속된 인연이었으며, 모든 현직을 떠난 지금도 중우회에서 황회장님을 보좌하는 부회장으로서 모시는 등 황회장님과의 관계와 존경심은 평생 변함이 없을 것이다.

이제 이런 기고의 기회도 없을 듯 하니 포항제철과 더불어 흘러간 나의 인생을 다시 한 번 돌이켜보고자 한다.

대한중석 재직중 '제철산업추진위원회' 에서 일하다가 1968년 4월 1일 '회사 창립멤버' 로서 생산훈련부 차장으로 시작한 포철 인생에서, 나는 많은 부서를 거치면서 많은 분야의 업무를 담당하고 많은 분들과 같이 일하며 경험함으로써 알게 되었다.

기술협력을 숙의하는 故 박태준 사장과 신일본제철 故 이나야마(稻山嘉寬) 사장

창립 당시의 생산기술부에 이어 기획, 기술, 생산관리 및 설비기술본부를 거친 끝에 임원이 되어서는 관리, 재무, 판매, 운송, 총무, 인사 등을 거쳐 동경 주재 근무중 박회장님의 지시로 삼성중공업으로 가서 부사장, 사장을 역임하고 삼성 일본주재 사장 재임시 다시 박회장님의 지시로 회장특별보좌역 사장으로 POSCO로 돌아왔다.

김영삼 정부 시절 박회장님, 황회장님과 몇 사람이 POSCO에서 나오게 될 때, 같이 떠나서 고려제강그룹 용접봉회사(현 KISWEL)에서 고문으로 있다가 후일 박회장님께서 복권되어 POSCO 명예회장으로 돌아오실 때 나를 경영연구소 회장으로 불러주셔서 근무하다가 2002년 모든 직무에서 물러났으며, 지금은 중우회 부회장으로 오늘에 이르고 있다.

이상이 단숨에 살펴본 나의 약력이다. 지난날들을 돌이켜 보면 내 나름대로 곡절 많은 인생이었고 그만큼 많은 사연도 있었다고 생각한다.

이제 끝으로 지나온 여러 일들 중 특히 기억에 남은 몇 가지 일을 회상하며 이 글을 마치고자 한다.

내가 설비기술본부 부본부장 때, 박회장님의 지시로 2기설비 차관 확보를 위한 사업설명단 단장으로 동경에 있던 홍건유씨와 우리 정부측의 상공부, 재무부의 담당과장 두 분, 그리고 회사 실무진으로 구성된 사업설명단을 이끌고 일본 통산성의 회의실로 갔다. 그날은 엄청나게 무더운 날로서 좁은 회의실에는 선풍기만 돌고 있었는데, 양측 참석인원이 수십명이나 되어, 모두 땀을 뻘뻘 흘리면서 부채질을 해가며 그래도 진지하고 열심히 회의를 진행했던 기억이 지금도 생생하다.

회의 결과 우리의 열과 성의가 전달되었는지, 차관 확보 목표가 달성되었다는 통보가 와서 박회장님께서도 매우 기뻐하셨으며 나는 그 일로 인하여 표창을 받았다.

내가 동경주재 근무시, 우리의 3기설비 계획에 대해 일본에서는 소위 '부메랑 현상' 논란이 일어나 협력 반대 기운이 팽배해서, 우리는 일본의 각 부처와 회사를 방문 설명하며 협력요청을 하고 다녔다. 그러나 이 문제의 key는 결국 신일본제철이 쥐고 있는 상황에서 하루는 저녁 무렵에 신일철의 稻山회장께서 비서를 통하여 나를 경정역(카루이자와)에 있는 별장으로 부르셨다. 나는 동경에서 자동차로 밤을 꼬박 새워 달려가 찾아뵙고 말씀을 나누었다. 그 때 나는 어렵게 회장님 말씀의 녹취를 허용해 주시기를 청하여 이나야마 회장님의 "3기설비에 대하여 일본측은 협력해야 한다"는 협력방안을 육성 녹취한 소위 '경정역담화' 를 얻을 수 있었다.

나는 그 길로 동경으로 돌아와 박회장님께 보고 드리고, 녹취내용을 글로 정리하여 TAPE와 함께 보내드렸다. 그 때 이나야마 회장님의 협력담화로 3기설비에 대한 일본측의 설비차관과 기술협력 제공의 문이 활짝 열렸는데, 이 과정에 작은 역할이나마 내가 참여했다는 감동은 잊을 수가 없다.

내가 관리이사 때 재무도 담당했는데, 당시에는 철강경기가 바닥을 쳐서 박회장님이 회의에서 "모두 철판 둘러메고 나가 자금을 마련해 와서 건설에 차질이 없도록 해!" 라고 하시던 시절이었다.

자금부족이 극심하여 지금의 POSCO로서는 상상도 할 수 없는 '포철부도' 라는 극한상황이 눈앞에 바짝 다가와서 뜬 눈으로 밤을 새면서 고민하다가 하루는 결심을 하고 예약도 없이 산업은행 총재실로 찾아가 김준성 총재님을 찾아뵙고 회사 사정을 털어놓고 도움을 요청했다. 그런데 김총재께서는 바로 경제기획원장관께 가서 말씀해주셔서 응급조치로 당시의 전대차관을 통하여 자금 위기를 극복할 수 있었다. 그 또한 나로서는 평생 잊을 수 없는 일이며, 김총재님의 즉각적인 대응조치에 대한 감사의 마음은 지금도 무엇이라고 표현할 바가 없다.

누구나 지나온 세월을 회상하면 한없이 많은 희로애락의 사연이 솟아오를 것이다. 나도 생각할수록 많은 일들이 끝없이 회상되나 여기서 접기로 하겠다.

"POSCO, 포항제철이여 영원하라!"

포스코 전산화 과정

장 민 소

최종직위 : 전산시스템부장 / 재직기간 : 1973~1993

초기 전산실의 꽃! 여직원 키펀쳐(Key Puncher).

제1고로 화입을 1개월 앞둔 1973년 5월8일에 '컴퓨터 프로그래머'란 직종으로 포스코에 입사하자 마자, 마치 정해진 운명처럼 정신없이 참여한 프로젝트가 포스코에 설치할 최초의 컴퓨터를 도입하는 계획이었다. 당시만 해도 기업에 컴퓨터 보급이 일반화되기 이전의 시기였고, 업무전산화를 위하여 현업부서를 방문하면 거의 모두가 자신은 '컴맹'이라는 이유로 업무내용 및 업무처리 절차에 관한 설명 요구를 곧잘 회피하곤 하던 때였다. 당시에는 컴퓨터의 입력장치라는 것이 유일하게 카드리더(Card Reader)였는데, 프로그래머가

'컴퓨터 프로그램'을 개발하려면 카드리더를 통해 컴퓨터에 입력해야 했고, 업무 현장에서 발생한 데이터도 컴퓨터에 입력하려면 역시 카드리더를 통해 입력해야만 했다.

컴퓨터에 입력하도록 고안된 카드는 80칼럼으로 된 IBM 펀치카드인데, 이 카드에 정보를 나타내기 위하여 구멍을 뚫는 기계가 Key Punch기 였으며, 컴퓨터가 도입될때 필연적으로 Key Punch기가 함께 도입 설치되면서 젊은 여성들에게 새로 생긴 최신 기능직종이 Key Puncher(穿孔手)였다.

당시만 해도 포항은 1973년7월3일 1기설비준공(년산103만톤)에 이어 2기건설을 계속하던 시기라서 사무실이고 공장현장이고 거의 남자들만 득실거리는 회사였으며, 여자 직원이라고는 1개 부서에 타자원 1명이 배치되어 있을 정도로 여직원을 구경하기가 정말 귀할 때였다.

그러한 메마른 땅 포항에 컴퓨터가 들어오면서 십수명의 꽃다운 키펀처 신입 여직원들이 입사하여 Key Punch실에 배치되었으니, 그야말로 전산실이 환해졌고 같은 건물에서 근무하는 여러 부서의 많은 총각들의 가슴도 설레게 했을 터였다.

그 때에는 모두가 너나 할 것 없이 왜 그리 일이 많고 바빴었는지, 목표일정에 쫓기는 일과 속에서 밤을 새며 작업하는 것이 다반사였는데, 서로 일을 재촉하다가 특히 키 펀쳐의 심기를 건드리는 날이면, 앞 순서에서 펀치를 기다리던 펀치카드 작업 순서가 뒤로 밀려나는 불상사를 당할까봐 눈치를 살펴야 하는 처지에서 전산실 프로그래머들에게 키 펀쳐의 위력은 대단했었는데, 전산실을 출입하는 현업부서의 담당자들도 역시 부서업무 데이터의 키 펀치 결과가 나올 때를 기다리며 눈치를 보는 입장에서는 전산실 프로그래머와 처지가 마찬가지였다.

1976년 5월 2기설비 준공(년산260만톤)이후 계속된 설비확장에 발 맞추어 포스코의 전산화 규모 또한 확대되었으며, 나날이 신기종으로 발전되는 컴퓨터의 성능 및 입력장치 기술이 크게 향상되기 시작하면서 초기 단계에서의 펀치카드를 통한 컴퓨터 입력방식이 점차 CRT 단말기로 대체되고, 사용자가 직접 입력하는 '온라인 입력방식' 으로 전환 되면서 Key Punch기는 그 역할을 급격히 상실하기 시작했으며, 이에 따라 그 시세 좋던 '전산실의 꽃' 여사원 키펀쳐 직종 시대가 소리 없이 종말을 고하게 되었는데, 포스코 건설및 확장에 맞추어 포스코 컴퓨터 또한 함께 발전하면서 그 소명을 다한 여직원 Key Puncher들이 포스코 컴퓨터 도입 초기에는 입력수단의 전부였었던 시절이 있었다. 40년전 오로지 Key Punch 카드란 초기의 유일한 입력수단에 의존했던 최초의 포스코 전산화 프로젝트 시동을 발판으로 오늘날의 포스코는 '글로벌 구매-생산-판매를 일관하는 디지털통합시스템 '으로 구축되고 성장했음을 평가받고 있는 바, 포항 건설기의 최초 컴퓨터 도입 추진과 전산화 프로젝트에 '제철보국' 정신으로 몸 바쳤던 그 시절을 평생 잊을수 없는 '일생의 영광과 자부심' 으로 추억하고 있다.

기업 전산화 과정의 일화

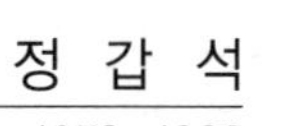
정 갑 석

최종직위 : 소재시스템과장 / 재직기간 : 1973~1982

지금부터 약 30년 전인 1983년도의 이야기이다.

당시 일신제강이 부도가 나서 포스코에서 인수하게 되자 사장님과 임원진 및 간부사원 8명(부장:3명 과장:5명)이 동진제강이라는 이름으로 새롭게 출범한 된 회사에서 근무하게 되었다.

그때 나는 포스코 전산실 과장으로 근무하다가 새로운 동진제강의 전산부장으로 임명받아 서울로 오게 되었다. 나는 그 무렵 서울에는 집이 없어서 여의도에 있는 친척집에서 회사에 출퇴근하였다.

동진제강 본사는 종로구 수송동에 있는 옛 일신제강 빌딩이고 공장은 오류동과 인천에 있었다. 오류동 공장에는 냉연 공장과 강관공장이 있었으며 인천 공장에는 아연도공장과 석도강판공장, 칼라강판공장, 형강공장이 있었으며 전산실은 오류동의 공장 사무실 2층에 자리잡고 있었다.

부도가 난 회사여서 그런지 전산실에는 소형 IBM컴퓨터가 있었으며 전산실 직원은 남자직원 3명과 여자직원 4명 등 7명만 남아 있었다. 나를 포함해서 포스코에서 같이 간 과장 2명등 총 10명이 전산실 직원의 전부였다. 그러나 새로운 회사의 기업 전산화를 성공시켜야 한다는 막중한 책임감 때문에 열심히 일을 하게 되었다.

처음에는 여러 가지 어려운 난관이 많았으나 점차적으로 직원들도 많이 보충하고 전산실도 오류동 공장에서 인천 공장으로 이전하면서 컴퓨터도 새로운 중형 컴퓨터를 도입하게 되었다.

당시 중형 컴퓨터를 도입할 때 4개사가 치열하게 경쟁하였는데, 이들 가운데 P사는 문제가 있어 일찍 탈락하고 나머지 3개사가 치열한 경쟁 끝에 F사의 중형 컴퓨터를 도입하기로 임원들과 협의 후 결정하였다.

이들 회사는 모두 컴퓨터 하드웨어 메이커였는데 각 회사마다 영업부장들이 전산실에 찾아와서 서로 자기회사 제품이 우수하다고 선전하면서 사용하면 어떤 메리트가 있다는 등 영업활동이 대단했다.

그런데 그 4개사 가운데 탈락한 I사의 영업부장은 자기들이 탈락되었다고 항의하며 경영진에게 찾아가서 억울하다고 이야기하는 등 불만이 대단했으나, U사의 영업부장은 전산실에 찾아와서 그동안 수고가 많았다고 이야기 하면서 나를 포함해서 전산실 과장들에게 저녁식사와 함께 술도 한 잔 사면서 다음 기회에 잘 부탁한다고 하면서 헤어졌다.

F사로 결정할 때는 컴퓨터 성능의 여러 가지 벤치마크 테스트와 도입 가격, 도입 후의 장점 등을 종합하여 결정함으로써 그 후 참으로 잘 결정했다고 자부할 수 있었다. 나는 직원들을 독려하며 거의 매일 야근하면서 기업전산화에 매진하여 수작업으로 작성하던 제품 재고 리스트를 전산화로 발행하여 경영진에게 보여 드린 결과 "참으로 수고했다"는 칭찬을 들을 수 있었다.

그 후 동진제강은 동부그룹이 인수하여 동부제강이 되었으며 동부제강은 다시 동부제철로 사명(社名)이 변경되었다.

내가 동부제강에서 다시 포스코의 자회사인 포스데이타로 직장을 옮기고 포스데이타에서 퇴직하여 협력회사 대표로 있을 때 동부제철 부사장의 초청으로 아산만의 당진 공장을 방문할 기회가 있었는데 제품 출하장에서 제품을 가득 실은 트럭들이 대기하고 있기에 왜 그런가? 하고 질문했더니 전산에서 제품 송장이 발송돼야 출발할 수 있다는 것이었다. 그 이야기를 듣고 과연 전산화의 효과가 이런데서 나타나는 구나 싶어 감개가 무량했다.

지금은 컴퓨터나 PC 등 정보화 기기가 워낙 발달하여 대중화되다 보니 정보화 기기를 다룰 줄 모르면 새로운 문맹자 대접을 받는 세월이 되고 말았다. 지금도 늦지 않았으니 아직 컴맹 수준에서 벗어나지 못한 분들은 다같이 컴맹에서 탈피하여 첨단문명의 대열에 서시기를 바란다.

1기건설 자금 조달 과정

정 윤 모

최종직위 : 자금부차장/ 재직기간 : 1968~1974

1968년 5월 1일부터 회계책임자로 출발하여 1974년 5월15일까지 1기건설기간중 자금조달 업무 과정의 발자취를 되돌아보고자 한다.

포항제철은 1968년 4월 1일 산업은행 3억원, 대한중석㈜ 1억원의 출자로 상법상의 주식회사로 설립되었으며, 이어 1기건설자금 조달은 상법상의 증자형식(신주발행)을 취하여 주로 정부 출자와 대한중석㈜이 일부 출자하는 것으로 결정되었다.

당시는 2차 경제개발 5개년계획 기간으로 정부는 의무적으로 집중 투자를 추진하였으며, 자금을 최대한 확보하기 위하여 세제를 개정하고 국세청을 신설하였으며, 일반 자금의 유치를 위하여 4개은행 (기은,국민,외환,주택)을 신설하면서, 은행의 예금금리를 26,4%까지 인상함으로써 내자 동원을 적극 추진하였다.

그럼에도 불구하고 정부와 은행과 기업의 자금경색은 풀리지 않았다.

포철은 최소비용으로 최대 회사를 건설한다는 공장건설 기본방침에 따라 모든 역량을 이에 집중하게 되었다. 따라서 이에 필요한 건설자금의 적기 조달은 무엇보다 선행되어야 할 과제였으며, 정부 출자에 의존하게 된 포철로서는 정부 예산(경제기획원)을 확보하기도 힘들거니와 재무부에서 현금을 배정받기도 어려웠다.

현금(출자금) 배정은 정부 재정사정에 따라 하는데 자금 배정의 순위는 정부 추진 사업중 이미 착수하고 진행중인 사업이 선순위이고 착수단계인 포항제철 투자는 후순위에 머물게 되었다. 이 때문에 건설에 차질 없이 자금을 공급하기 위해서는 모든 방법을 동원해서 진지한 추진이 촉구되었다.

1969년 정부는 국책은행인 산업은행의 대외신용도를 높이기 위하여 포항제철 출자금을 일단 산업은행을 경유하는 간접출자 방식으로 변경함으로써 포철의 중복되는 증자절차와 추진이 요구되어 자금(출자) 수급이 지연되었으며, 대한중석㈜의 출자금(35억)도 월 분할로 받게되어 늘 출자시기 조절에 애로가 있었다.

정부와 대한중석의 분할 출자로 출자금을 받음과 동시에 며칠 후 또 다시 수급 추진을 계속적으로 하게 됨으로써 늘 긴박감을 떨칠 수가 없었다.

그러나 2차 경제개발 기간의 정부 재원의 어려움을 보면 1969년에는 GNP대비 재정적자가 4.1%에 달하여 1인당 GNP $1,100 내의 국내 경제 현실에서 부족한 출자금이었지만, 이것이 어려운 국민의 혈세로 이루어진 것이라 생각하면 감지덕지하며 받을 수밖에 없었다.

일반적으로 주식회사의 경우 증자는 연1회이고 많아야 3회가 통례인데 우리는 연평균 15회 이상 함으로써 이에 따른 정관변경을 하게 되었으며, 이에 대하여 주주측으로부터 상법위반이라는 이의가 제기되었다. 그러나 이에 따르려면 주주총회를 수시로 열어야 하고 절차상 법적규정에 따른 시일(2주이상)이 필요함으로써 출자가 더욱 지연되는 문제가 발생하였다.

이의 해법을 위하여 고석윤 변호사와 협의한 결과 우리 상법상으로는 해결할 방법이 없고 우리 상법과 유사한 체계를 지닌 일본 상법상에도 이에 대한 명문이 없으므로 혹여 판례가 있는지 찾아보겠다고 하였으며, 10여일의 노력 끝에 판례 조항을 찾아냈다.

일본 대법원 판례에는 "증자시 부득기한 사유가 있을 시에는 전 주주총회에서 증자에 대한 조건부 결의로 할 수 있다"는 조항을 들어 주주에게 설명함으로써 양해가 되었으며 상법상의 첫 준용특례를 남겼다.

한때 정부의 재정 사정으로 1개월 이상 출자가 중지되었으

제1고로 건설현장

므로 심한 차질이 우려되어 재무부에 긴박한 사정을 건의한 바 요청한 10억원 중 우선 3억원이 지급되었다.

이 수표를 받아 은행에 추심한 결과 그날 국세 수입의 차질로 한국은행에서 국고수표가 결재되지 않아서 이로 인하여 국가적으로 있을 수 없는 사례가 발생하게 되었다.

할 수 없이 그 미제수표를 도로 찾아서 국고국에 반납한 사실이 있었으며 이렇게 정부 재정이 어려움을 안 포철로서는 별단의 궁여지책을 마련할 수 밖에 없었으므로 그 방법으로는 일시 은행 차입으로 대처하기로 하였다.

당시 국영기업체는 거래 은행을 재무부에서 지정받게 되었는데 우리는 산업은행과 중소기업은행으로 지정되어 있었다.

이에 따라 먼저 지정은행인 동은행에 대출을 요청했으나 산업은행에서는 당년 업무계획이 이미 확정돼서 불가능하고, 중소기업은행에서는 소액은 가능하나 대기업 대출은 제한되고 있어서 1억원까지는 고려해 보겠다고 하였으므로, 할 수 없이 지정 은행에서의 수용은 단념하기로 하고, 대한중석㈜과 오랫동안 거래하던 시중은행에 절충하였다.

먼저 제일은행, 조흥은행, 상업은행, 서울은행에서는 확답을 미루고 불확실했으므로, 마지막으로 한일은행에 절충한 결과 의외로 우리 요구를 받아들여 거래 약정을 하기 전임에도 급한 3억원의 수표를 지급해주어 포철은 우선 부도를 면하게 되었으며 일시나마 갈증을 풀게 되었다.

이는 은행의 파격적인 속단으로 이루어졌으며, 은행장은 평소 박태준 회장을 높이 신망하고 포항제철의 중요성을 인식하였기에 이루어진 것이었다.

그 후에도 포철은 10억원까지 수용하게 되었으며 동은행과 상당기간 단일 거래가 지속되었다.

이로 인해서 한일은행은 재무당국으로부터 여신한도 초과에 대한 문책을 받기도 했다.

한일은행은 재무부(이재국)에 해명하기를 국책사업인 포항제철의 자금사정이 절박한데도 거래 지정받은 산업은행과 기업은행이 해결해 주지 않아서 우리 은행에 와서 부도에 직면한 긴박한 실정이라고 하므로, 포철은 중요 국책사업이고 이의 목적 달성을 바라는 마음에서 긴급대출이 불가피하였다고 하는 요지로 해명하였다고 한다.

이재국에서는 이를 확인하기 위하여 포항제철 담당 책임자의 출두 설명과 확인할 수 있는 자료를 요구함에 따라 포항제철은 건설자금을 전적으로 정부 출자금으로 충당하고 있었지만 1개월 동안 한푼도 받지 못하고 있었던 사실과 함께 자금계획 내용을 설명하였다.

한편 은행차입으로 인한 지급 이자(연26%)의 추가 부담이 생겨 이자 지급 재원이 없는 현실을 재무부에 건의하여 어렵게 이자 보전도 받았으나, 관리관계 부서로부터 정부 출자금에 대한 이자 지급 보전은 전례가 없으며 부적절하다는 이유로 그 후로는 받을 수 없게 되었다.

이상과 같은 제반 문제의 발생으로 재무부 관련 부서간에는 포항제철 출자에 대하여 한층 더 관심을 갖게 되었으며, 1개월 후 중지된 전월 출자금과 당월 출자금을 합쳐 25억원을 일시에 지급받아 이 수표를 한일은행에 입금하였는데 H행장은 아직 25억원짜리 큰 수표는 만져보지 못했다고 하여 영업부장이 직접 은행장에게 보여 주었다고 한다.

당시에는 외화 사용에 있어서도 정부 통제가 철저하여 일일이 외화심의위원회의 승인이 있어야 했는데, 1968년 5월 기술용역비로 일본철강연맹에 $100,000와 미국바텔연구소에 $50,000를 송금하는 데도 외심의 승인과 외화를 마련하는 것이 여의치 않아서 지연됨으로써 계약상 송금마감일의 한시인 12시 5분전(당시 통금시)에야 겨우 해결되었다.

고준식 사장께서는 걱정이 되어 전신전화국까지 달려와 확인하시고 우리는 그 차에 편승하게 되었는데 통금 시간이 급한 나머지 운전부주의로 나는 차에서 떨어져서 낙상하게 되었지만 다행히 도로변 쓰레기더미에 떨어져서 경상을 입은 일도 있었다.

그 시대에는 자금조달과 운용 모든 면에서 부족했을 뿐 아니라 모든 절차가 쉽게 이루어지지 않았다. 그로부터 약 반세기가 지난 지금은 모든 것이 자유롭고 풍요로움을 볼 때 금석지감을 금할 수 없다.

1기 출자금 조달액 내용

정부출자금 365억원 (산은간접출자 129억포함)

대한중석㈜ 85억원

계 400억은

포항철강공업, 연관단지 인수자금 수용

1969년 2월 경상북도가 단지 조성을 위하여 농경지 114만 4,000평을 매수했는데 정부는 국비나 도비로 지원할 수 없으니 이를 포항제철이 인수하라는 청와대의 지시가 있었다.

그러므로 급전을 마련하여 경상북도에 지불하게 되었으나 포철계획에 단지예산은 반영되지도 않았으며 포철 자체가 자금 압박을 받고 있는 실정으로 해결 방법이 없어 궁여지책으로 사장 이하 임원들이 개인담보 보증으로 하여 은행으로부터 신용대출을 받아 경북에 5억원을 지불하기로 하였다.

수융할 은행은 대한중석(주)과 거래가 있었던 제일은행에서 2억원, 한일은행에서 1억원, 상업은행에서 1억원, 조흥은행에서 1억원을 합하여 경북도지사에게 지불하였다.

신용대출은 규정상 1개월로 되었으며 이로써 본 단지는 포철 소유도 아니기에 단시일내에 단지 입주업체에 조속히 불하하여 차입금을 반제할 수 밖에 없었다. 그러나 입주업체 분양이 쉽게 이루어지지 않아 연체가 누적됨으로써 차입시 입회자이고 취급자인 필자가 수십차의 독촉을 받아서 해명하는데 애로가 많았다.

그후 단지가 불하되는 대로 1년여에 걸쳐 상환하였다.

이렇게 정부 출자 재원의 한계, 은행 여신자금의 한계에서 큰 차질 없이 1기 건설자금 조달업무를 수행하는데 있어 이끌어주고 협조해 주신 모든 분들께 깊이 감사드리고 포항제철㈜의 영원한 발전을 기원한다.

공장 목욕탕, 화장실 전면 개보수

조 평 구

최종직위 : 경리부장 / 재직기간 : 1971~1989

1984년 8월 19일(일) 오후 3시경 친선 독신료에서 쉬고 있는데, 회장님 숙소에서 비서로부터 전화가 왔다. 회장님께서 관리실장(김광호)을 찾는데 서울에 가고 없다고 하니, 관리실 차장(조평구)이라도 오라고 한다고 했다.

그래서 회장님 댁으로 가니 회장님께서는 거실에서 고교 청룡기 야구를 보고 계셨다. 인사를 드리니, "어 왔니?" 하시며 앉으라고 하여 자리에 앉으니, "지금 자금은 어떻게 운영하느냐?" 고 하시기에, "현재 자금 사정은 좋은 형편이 아닙니다" 하고 말씀드리고 "수출대금으로 입금된 외화자금은 은행에 외화 예금했다가 원료 수입대금이나 차관 원리금 상환

자금으로 사용합니다"하고 답변을 드렸다. 회장님은 한참 있다가 "현장에는 나가 보느냐?"고 물으시기에 "못 가 보았습니다" 하니, 회장님께서 화를 내시면서 "임원놈들이 현장에 나가 보지도 않고, 공장 목욕탕과 화장실이 다 썩어 목욕탕에는 녹물이 나오고, 화장실은 파이프가 다 삭아 물이 나오지 않고 있는데 보수할 돈도 안 준다"고 크게 역정을 내시면서 "지금 즉시 가서 관리실 전직원을 비상소집해서 제선/제강부문과 압연/기타부문 2개조로 나누어 밤새도록 목욕탕 시설과 화장실을 카메라로 촬영하여 내일(월) 임원회의에 보고하라"고 지시를 하셨다.

회장님 댁을 나와 당직실을 통하여 관리실 직원과 임원님들에게 비상소집을 통보했다. 오후 5시경 제철소장(백덕현) 방에 임원님들이 모였다. 제철소장이 오라고 하여 갔더니, 회장님께서 하신 말씀을 처음부터 끝까지 이야기하라고 하여 회장님께 들은 말을 전부 전해 드렸다. 그 후, 관리실 전직원을 2개조로 나누어 회장님 지시대로 밤을 새워가며 공장 목욕탕과 화장실을 촬영하여 임원회의 자료를 준비했다.

그 다음날(화) 임원회의에 보고 하는 중에 회장님께서

“어제 우리집에 온 놈 일어나 봐” 하시기에 일어났더니, “어제 내가 말한대로 처음부터 끝까지 이야기해 보라”고 하시기에 들은대로 이야기를 하다가 ‘임원놈들’을 ‘임원님들’이라고 했더니, “저놈 거짓말 하는구만” 하며 앉으라고 하셨다. 임원회의 보고가 끝난 후, 화장실과 목욕탕, 화장실 자재를 회장님께 직접 승인받아 공사비까지 합하여 예산 계획을 세우니 53억원이 되었으므로, 회장님의 최종 사인을 받아 목욕탕과 화장실을 전면 개보수 하였다. 몇 개월이 지난 후, 어느 협력업체 사장님을 통하여 들은 이야기인데, “그 놈들 화장실과 목욕탕을 수리하라고 했더니 53억원이나 예산 계획을 가져왔더라”하고 말씀하시더라는 것이었다.

포스코에서 포스텍까지

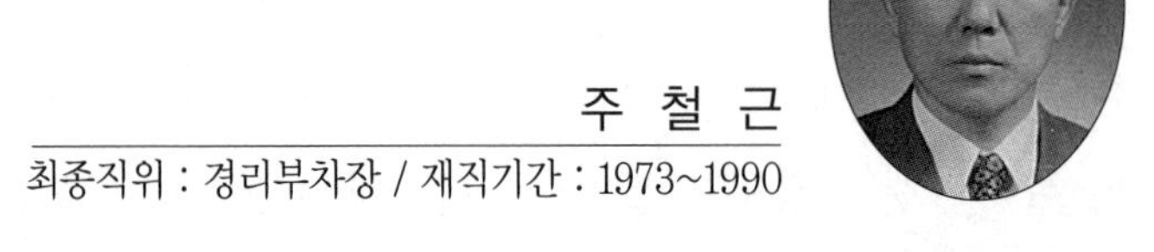

주 철 근

최종직위 : 경리부차장 / 재직기간 : 1973~1990

* 1973년 5월 8일이 입사일이지만, 훨씬 앞서 포항에 도착해서 받은 느낌은 거친 바람과 쌀쌀한 날씨였다. 관리실 심사분석과에서 첫 업무를 시작하게 되었다.

제1화 : 회사 운영회의와 심사분석 보고

매월 운영회의가 시작되면 전등은 소등이 되고, 경제동향 보고 다음에 심사분석 보고가 진행되었는데, 그 때마다 실적이 미진하고 생산 설비관리 등에 문제점이 있는 부서장들은 박태준 회장님으로부터 질책을 듣거나 원인 설명에 진땀을 빼곤 했었다. 긴장되고 초조해지는 시간들이었다.

제2화 : 운영회의에서 들은 감동적인 말씀

운영회의 보고가 끝나면, 박태준 회장님의 별도의 훈시가 있었다. 아직도 마음속에 감동으로 남아있는 말씀이 생각난다. 이때 포스코는 매우 높은 이직률 때문에 4기 설비 건설과 조업부문에서 어려움을 겪고 있었다.

"우리민족은 대를 이어서 가난이라는 역사적 굴레를 반복하고 있다. 어느 한 세대가 희생을 통해서, 이 악순환의 고리를 끊지 않으면 다음 세대에 또 넘어간다. 누구든지 저 혼자만 편안하게 호의호식하면서 살고 싶겠지만, 이런 역사적 악순환의 고리를 우리 세대에서 반드시 끊어야만 하지 않겠는가?"

POSTECH 기공식을 마치고 김호길 초대 학장과 고 박태준 회장

정말로 의미심장하고 숙연해지는 분위기였다.

제3화 : 중장기 자금전망보고 관련한 carry-over 용어

고준식 사장님이 중장기 자금전망 보고를 받는 곳은, 항상 방안 가득히 담배 향이 그윽히 배어있는 집무실이었다. 연신 파이프 담배를 피우면서, 각 부문의 부서장들을 직접 부르든지 또는 전화로 직접 확인하면서, 보고내용을 꼼꼼하게 따지시곤 했다. 가끔은 당황한 분위기에서, 부 · 과장들이 같은 동료를 일컬어 아무개 과장님 이라고 '님' 자 호칭을 붙여서 말하면, 윗사람 앞에서 아랫사람에게 존칭을 붙인다고 핀잔을 주기도 했다. 보고가 끝날 때쯤이면 carry-over 되는 금액을 되짚어 보고, 옆자리에서 보고하는 나의 무릎을 툭툭 치면서 만족한 표정을 지으셨다. 아마도 광양제철소 건설을 위한 내부 유보자금 여력을 판단해 보신 것 같았다.

4화 : 광양제철소 사업계획서 작성에 얽힌 이야기

광양제철소는 큰 틀의 사업 결정은 이미 되어 있었지만, 사업계획서의 정부 승인절차가 필요했다. 각 부문 계획을 취합하여 투자수익률을 계산해보니 7%대였다. 정부 기준 투자수익률 13%가 나오기 위해서는 건설과 조업 각 부문계획에서 금액이 조정되어야 한다는 내용을 임원회의에 보고한 후, 어렵고 긴 조정과정을 거쳐 사업계획서를 정부에 제출할 수 있었다. 경제기획원의 사업계획 심사과정은 까다롭고 힘들었으며, 사업 타당성 검토가 너무 오래 지속되어 사업 승인이 늦어지고 있었기 때문에 박태준 회장님께서 "앞으로 한 달 이내에 정부의 승인을 받지 못하면 모두 문책하겠다."라는 지시도 내려왔다. 최종 정부 승인을 접수하고, 경제기획원 실무자들과 함께 광양 부지조성 현지답사를 끝으로 사업계획서 작업은 마무리 되었다. 이런 엄청난 역사적 사업의 출발점에서, 나도 한몫을 할 수 있어서 기쁘기 한량없었다. 광양제철소 사업계획서 작성 당시에 고준식 사장님께서 고급간부들에게 투자에 대한 중요성과 경제적 타당성에 대한 내용들을 교육하라는 지시가 있어, 임원회의에서 수익성 판단기준으로 IRR, NPV, B/C Ratio 의 산출과 투자결정 기준을 중심으로 '투자의 경제적 타당성 검토' 에 대한 내용을 슬라이드로 작성해서 설명했다. 이와 같이 확장에 대한 강한 열망은 내부통제의 과정을 거치면서 조화롭게 발전했다.

이후 나는 미국 TANOMA 제철용 석탄회사를 거쳐 1995년 2월 대학법인의 임원으로 근무하게 되었다.

제5화 : 안정적인 기금관리를 위한 최적 portfolio 전략

대학 운영비를 기금 운용 수입으로 충당하기 위해서 최초 3,000억원으로 본격적인 기금관리가 시작되었다. 기금의 안정성이 보장되고 최고의 수익을 낼 수 있는 최적의 portfolio 전략이 필요했다. 그래서 처음으로 의뢰한 외국 용역기관(Watson Wyatt)의 추천에 따라 자금을 재편성하고, 이사회 의결을 거친 후 기금 운영을 쇄신했다. 그 밖에도 기금의 안정성을 확보하기 위해서 채권 투자는 국채 중심으로 운용하고, 상장주식 투자는 포스코 주식에만 한정하며, 단기 운영자금과 기타 투자는 신용등급 최상위 상품에만 투자한다는 원칙을 고수했다. 또한 기금관리의 투명성과 객관성을 확보하기 위해서 최상위 상품만을 선택하고, 어느 누구도 좌지우지 못하도록 결제 과정을 정형화했다. 그 결과 IMF를 거치면서 기금 운용에는 아무런 손실도 발생되지 않았고, 오히려 당시의 고(高) 이자율과 portfolio 상의 높은 채권 구성비 덕분에 많은 기금 수익을 발생시킬 수 있었다. 매년 고수익을 창출하면서 대학 운영비는 순조롭게 조달되고 안정적으로 공급되었다.

제6화 : 조(兆) 단위의 기금 규모 확충

나날이 팽창하고 발전하는 대학의 미래를 대비하기에는, 처음 시작할 때 보유하고 있던 기금 규모(3,000억원)로는 턱없이 부족했다. 그래서 유상부 회장님 재직시에 청암학술관과 생명과학센터, 학생기숙사 건설 및 대학의 중 · 장기 발전계획 추진을 목적으로 또 한 번 포스코로부터 3,000억원 상당의 기부 출연금을 받게 되었다. 이중에서 당장 건립에 소요되는 비용을 제외하고는 포스코 주식을 매입했다. 그 결과 황경로 회장님이 제철학원 부이사장 재직시, 처음 매입한 포스코 주식 52만주(주당 @23,146원)를 합산해서, 총302만 8,200주, 평균 매입가 주당 @108,502원, 지분율 3.34%로, 포스코 제1대 주주가 되었다. 일시적으로 주식 가격의 부침

포스텍 전경

은 있었지만, 주가는 서서히 상승해서 지금은 조(兆) 단위로 기금규모가 확충되었다. 이렇게 기금 규모가 확충될 수 있었던 것은 박태준 설립 이사장님을 비롯한 포스코 임 · 직원들의 대학에 대한 무한한 애정과 미래를 보는 혜안때문에 가능했을 것이다. 다른 한편으로 대학법인은 포스코의 주식을 적기에 매입하고, 기금의 최적 portfolio 전략을 수립하는 등 객관적이고 안정적인 기금 관리의 토대를 마련했다. 이런 일련의 일들에 참여하여 소기의 성과를 거둘 수 있었음에 나는 기쁨과 동시에 커다란 자부심을 가진다.

2003년 3월 18일 대학법인을 끝으로 30여년의 긴 세월을 포항에서 살면서, 결혼도 하고 자식들을 공부시키고 출가도 시켰다. 우리 모두가 포스코라는 큰 인연의 틀에서 만나, 오늘날 까지도 끈끈한 동료, 선후배로서 유대관계를 계속 유지하고 있음에 감사하고 인연의 소중함을 느낀다.

내 삶의 용광로 관리실의 추억

차 동 해
최종직위 : 감사 / 재직기간 : 1970~1993

1969년 KISA가 차관 제공을 거절하고 고 박태준 회장님의 하와이 구상으로 공장건설을 구체화할 시점이었던 1970년 3월 5일 경력직 사원 4급 3호봉으로 기획관리부 회계과로 발령 받으면서 내 삶 속 포스코 관리실과의 인연은 시작되었다. 고향에서 혈혈단신 서울로 올라온 나에게 당시 감사과장이던 고향 선배 박득표 전 사장님은 든든한 나의 후견인 역할을 해주시며 내가 올바른 포스코인으로 성장하고 발전할 수 있도록 많은 조언과 가르침을 주셨기에 지금도 늘 가슴 깊이 고마움과 감사함을 잊지 않고 있다.

내가 입사할 당시 황경로 전 회장님은 부장으로, 차장에는 김철녕씨, 과장에는 박용달씨가 계셨으며, 백태성, 최관석 등의 직원들이 근무하고 있었다. 당시의 회계시스템은 우리나라 최초의 바인다식 전표 처리 시스템으로 전산화로 발전시킬 수 있는 시스템이었다.

회계과 시절 추억 중의 하나는 입사 후 첫 회식 때의 에피소드다.

서울 명동에 있는 '명정'이라는 일식당에서 친구인 '박종일'이 술 대작을 한 번 하자고 하여 회현동 막걸리 집으로 자리를 옮겨 술값 내기를 했는데, 그 친구가 먼저 술에 취해 결국 내가 계산을 하고 서로 헤어졌다. 다음날 출근한 친구가 하는 말이, "어제 너무 술에 취해 집 반대방향으로 가는 버스를 타고 갔다"며, 다시는 나와 술 대작을 하지 않겠다고 하였다. 그 날 이후로 지금까지 나에게 함부로 술 대작을 요청하는 용감한 사람은 별로 없었고 난 아직도 애주가로서 적당한 음주와 함께 삶의 희로애락을 함께 하고 있다.

회계과 시절 결산 업무 때는 밤을 꼬박 지새우는 일이 허다하였다. 나는 상고를 졸업하였기에 누구보다 주산실력 만큼은 자신이 있었다. 특히, 당시에는 타이거 계산기가 있었지만 가감산은 능률이 많이 떨어져서 주산 실력은 회계과 근무의 필수적 사항이었다. 한 번은 부장님이 예산편성 작업을 하면서 김광호와 나 둘을 불러서 계산작업을 시키며 둘 간에 주산 시합을 붙였는데, 그 친구도 나 못지않게 주산실력이 대단했던 기억이 남아있다. 물론 당시의 주산시합은 무승부로 끝났고, 그 광경을 흐뭇하게 바라보며 "누가 잘하나 한 번 보자!" 하며 연신 줄담배를 피우시던 부장님의 환한 얼굴이 아직도 새롭다.

당시 결산업무는 社. 所 통합으로 포항사업소에서 결산 후 회사 전체 결산을 마치는 과정이었는데, 당시 사업소의 한 직원이 결산 시간이 촉박해서 10원의 착오가 있음을 알면서도 그냥 본사로 결산자료를 보내버려 10원 때문에 밤샘 결산작업이 오류로 끝나고 말았다. 나로서는 자부심을 걸고 한 힘든 확인 작업이었는데 정작 그 사업소 직원은 "그깟 10원 가지고 뭘 그러느냐?"면서 "내가 그 10원 내어줄게요." 하는 게 아닌가. 회사 돈의 공정하고 정확한 관리라는 업무철칙도 그렇지만, 10원의 오차도 용납할 수없는 나로서는 참으로 자존심 상하는 일이었다. 일일이 과장님께 다 보고하지 못하고 그저 혼자 속만 태웠던 당시의 일들이 지금도 잊혀지지 않는다.

관리실 자금과 근무 때의 아프고 슬픈 기억이 하나 있다. 당시 자금과에는 현영환씨가 부장, 정윤모씨가 과장으로 계셨으며, 나는 거기서 거래처에 대한 대금 지급과 은행 거래를 전담하게 되었다. 그 날도 거래처에 수표 발행을 한 후 점심식사를 마치고 사무실로 들어오니 거래 은행에서 전화가 왔다. "오늘 발행한 수표 중에 840만원 짜리(당시 서울의 아파트 한 채 값)가 있느냐?"는 문의에 수표번호를 확인해 본 결과 그 번호의 수표는 내가 가지고 있

던 수표책에서 찢겨나가고 없었다. 황급히 은행으로 달려가 보니 840만원 중 이미 440만원은 점심시간을 이용하여 현금으로 인출되었고 나머지 400만원은 신규구좌로 개설하여 입금되었다. 신규구좌 개설 명의는 강원도가 고향이며 곧 군대에 입대할 관리실의 H씨였다. 바로 경찰의 수사가 진행되어 자금과 전 직원의 가택수색과 조사가 이루어졌다. 나의 관리 잘못으로 그런 사고가 발생했다는 심한 자책감과 직원들에 대한 미안함 때문에 당장 사표를 내고 싶은 충동을 느꼈지만 그것은 너무나 무책임하고 부끄러운 행동이라는 생각에 수사결과를 지켜보기로 했다. 당시 나는 신혼초기라 아내와 처가 식구들에게도 민망했지만 그렇다고 그 돈을 변상할 능력도 없었으므로 수사 진행과정만 지켜보았다. 며칠간의 경찰조사 끝에 담당차장 H씨의 소행으로 드러나고 회사 돈이 전액 입금 처리되면서 사건은 종결되었다. 그것은 담당과장이 출타 중에 잠시 회사의 도장을 갖고 있던 H차장이 백지수

표를 만들어 저지른 범죄였는데, 알고 보니 그는 암에 걸려 시한부로 몰린 상황이라 가슴이 아팠지만, 그래도 회사 공금을 유용한 것은 결코 용서받지 못할 범죄임에 틀림없었다. 어쩌면 내 직장생활과 인생에 있어 가장 큰 불명예와 시련으로 기억되는 그 사건 이후 나는 포항 관리실 원가과 주무로 발령받았다.

포항관리실 근무는 제철공정을 올바르게 이해해야 할 업무이기에 현장 실습을 거쳐 원가계산을 위한 각 담당자별 화합으로 한 사람이라도 계산이 틀리면 전체가 다시 계산해야 하는만큼 공동체 의식이 다른 어느 부서보다 투철하고 단합심이 강하였다.

포항관리실 근무 때는 결산시마다 전산실로 내려가 키 펀쳐들이 전산기 입력을 위해 카드 처리해 둔 것이 정확한지 며칠째 밤새워 일한 기억과 함께, 저마다 우리 카드 먼저 처리해 달라며 펀칭 담당 여직원들에게 과자와 야식을 사다 주며 업무를 빨리 처리하려 애썼던 일들이 아직도 잊혀지지 않는다.

원가과를 거쳐 회계과 주무, 원가과장, 관리실차장을 끝으로 나는 1980년 서울 판매1부 차장으로 자리를 옮겼다. 포항관리실 근무를 떠나 서울에서 판매1부 차장과 부장을 거쳐 판매관리부장을 마치고 1984년 광양제철소 행정부장으로 광양과 인연을 맺게 되었다.

포스코에 입사한 지 16년만인 1986년 나의 청춘과 열정을 쏟아 부었던 정든 포스코를 떠나 현재 포스코켐텍인 삼화화성 상무이사로 자리를 옮겨 영업과 관리업무를 수행하였으며, 1988년 전국이 노사분규로 몸살을 앓고 있을 때 현 포스코플랜텍인 제철정비 철구공업주식회사 전무이사로 근무하였다.

노사관계가 안정을 되찾자 1991년 1월 인사노무담당 이사로 포스코를 떠난지 5년여만에 다시 포스코에서 새로운 출발을 하게 되었다. 92년도에는 상임감사로 근무하다 93년 3월 김영삼 정부의 출범과 함께 나는 고 박태준 명예회장, 황경로 회장 등 임원 7명과 함께 쓸쓸히 회사를 떠나게 되었다. 비록 내 생애 처음으로 출국정지라는 법무부장관의 통보도 받아보았지만, 나는 지금도 그 때를 되돌아보면 회사를 떠나게 된 슬픔과 아픔보다 내가 그 분들과 함께 운명을 같이 할 수 있었다는 사실이 얼마나 자랑스러운지 모르겠다.

1994년 현재의 포스코켐텍인 거양로공업 부사장으로 다시 포스코의 울타리 속으로 들어오게 된 나는 95년 지금의 포스코ICT인 포스콘 대표이사 사장으로 최고 경영자의 역할을 수행하던 중, 98년 고향에서 자민련 국회의원 공천을 받아 약 2개월여 동안 국회의원 선거운동을 하다가 김동주 전의원에게 자리를 물려주고 다시 포스코로 돌아와 99년 포항스틸러스 축구단 사장으로 재직하며 송라클럽하우스 건립 등 명문구단으로의 도약을 위한 탄탄한 기반과 인프라를 구축하며 나름 한국 프로축구의 발전에도 작은 밀알의 역할을 다했음을 자랑스럽게 생각한다.

2001년, 드디어 30여년이란 결코 짧지 않은 내 인생과 함께 해온 포스코라는 큰 배에서 내려와 늘 묵묵히 나를 기다려준 사랑하는 가족과 이웃들의 곁으로 돌아가 그 동안 못 다한 남편과 가장으로서의 소박한 일상을 보내고 있다. 돌이켜보면 그 동안 내가 인생의 행운아로 살아갈 수 있게 도움과 배려, 가르침을 주신 황경로 회장님을 비롯한 여러 선배님들께 다시 한번 머리 숙여 감사드리고 싶다. 언제나 내 인생과 함께 할 포스코, 그 속에서도 오늘의 나를 존재하게 해준 관리실의 모든 사람들과의 인연 하나하나는 내 삶과 함께 영원할 것이며, 매일매일 사람과 일상에 감사하며 베풀고 배려하는 인생을 살아가고 싶다.

청암 박태준 회장님 회고

최 광 웅

최종직위 : 부사장 / 재직기간 : 1971~2005

1970년 가을에 포스코(당시 포항제철)에서 대졸 신입사원을 뽑는다는 것을 알게 되었다. 당시 대학교 졸업 예정자였던 나는 이미 합격했던 은행을 접고, 철강업이 국가 경제에 매우 중요하고 비전 있는 업종이란 판단으로 진로를 바꾸기로 결심 했다. 그 후 34년간 포스코의 성장과 궤를 같이 하고 포스코를 삶의 터전으로 생각 하며 이 길을 달려오는 동안 나에게 큰 가르침을 주신 고마운 분들을 떠올려 본다.

형님처럼 꼼꼼하게 실무를 가르쳐주신 송기환 사장, 회사에 실질적인 기여를 하고 중추적인 역할을 하도록 항상 지침을 주고 업무를 통해 교육을 시켜주신 박득표 사장, 그리고 기획은 외로운 것이라는 말씀과 함께 항상 논리적이고 전략적으로 사고하라며 끊임없이 정통한 교과서처럼 훌륭한 지침을 주신 황경로 회장, 중요한 사안은 책임질 사람이 결정하고 결정한 사람이 책임진다고 강조하신 유상부 회장, 중요한 지침이나 지시도 군더더기 없이 편안하게 확실히 해주신 이구택 회장… 그 분들의 가르침은 내 앞을 비추는 불빛과도 같았다.

그러나 이 분들과 함께 동고동락하며 오늘날의 포스코를 키우는 데 혼신을 다 바치신 청암(靑岩;박태준 명예회장의 雅號) 어르신을 잊을 수 없다.

오늘날 우리 경제가 이만큼 성장하고, 개인적으로도 철과 경제를 이해할 수 있었던 데에는 박태준 명예회장이 계셨기 때문이다.

그 분과의 인연은 신입사원 면접에서부터 시작되었다.

당시 청암은 박정희 대통령으로부터 조국 근대화라는 국가적인 과제를 떠맡고 제철입국을 실현하기 위해 황량한 영일만의 모래벌판 위에서 노심초사하시던 때였다.

청암의 눈빛은 빛났고 질문은 단호했다. 그는 내 의지를 시험하듯 어떠한 고통도 감내할 수 있는지를 물었다. 수십대 1이라는 어려운 관문을 뚫고 모래바람이 부는 포항제철소 건설현장 사무실에 출퇴근하였던 일, 열연공장 콘크리트 타설이 목표에 미달하여 레미콘 운전자를 밤새도록 체크했던 일, 3기 건설 당시 별동대에서 했던 일 등 박태준 명예회장을 떠올릴 때마다 무섭고, 그대로 하지 않으면 안 된다는 강박관념에 사로잡혀야 했다.

1978년 원화의 평가절하로 차관을 많이 쓰고 있던 회사가 곤경에 처해 회장께서 대책을 세우지 않았다고 꾸지람하셨을 때 나는 감히 일개 과장으로서 아랫사람을 혼내는 것보다 대책을 세우는 것이 더 중요하다고 직언을 한 뒤 불안해했었다. 심사분석과장으로서 전간부와 임원들이 참석한 운영회의에서 매달 회사의 경영 성과를 브리핑하고 잘하면 잘한 대로 못하면 못한 대로 현장의 각 공장장들을 지적하고 칭찬하면서 많은 지침도 받았다.

경영조사부장 때는 한 임원회의에서 네 번씩 일어서서 세계 철강업계 현황, 외국 철강사의 사례 등에 관한 질문을 받고 혼도 나고, 일부는 미리 준비해서 대답을 잘했던 일도 생각난다.

1989년 9월 우리나라가 경제적으로 어려울 때 국민들이 너무 흥청망청하는 것을 보고 나는 고심 끝에 '한국경제 위기와 포철인의 자세'를 만들어 브리핑했다. 그 내용에는 아르헨티나가 샴페인을 너무 일찍 터뜨렸다는 내용도 있었는데, 회장으로부터 감사하다는 표현까지 할 정도의 과분한 칭찬을 받고 그 자료를 가지고 협력사, 계열사, 지방자치단체까지 설명했던 일도 있었다.

박태준 회장은 "내 업무의 90%가 외압과 싸우는 일"이라고 하면서 포스코를 둘러싼 정치와 여러 분야 실세들의 외압이 끊임없이 일어나고 있음을 말하였던 것도 눈에 선하다.

1994년 김영삼 정부가 들어서고 명예회장을 비롯한 많은 분들이 포스코 경영에서 물러나신 후 아현동 자택에서 은둔생활을 할 때 다른 동료들로부터 근황을 전해 듣고 눈시울을 적시기도 했다.

1996년 명예회장이 미국 뉴욕에 계실 때 나는 산타 바바라에서 연수 중이었는데 전화를 걸었다가 혼났던 일과 아드님(박성빈)의 스탠포드대학 졸업식에서 만나서 반가워했던 일도 기억난다.

1997년 한보에 손근석 사장과 함께 관리책임자로 가도록 인사명령을 냈을 때 여러 가지를 고려해서 안 가겠다고 했는데, 박태준 명예회장이 "최광웅 그 친구 참!"

이라고 말씀하셨다는 것도 전해 들었다.

2001년 고비사막의 주천강철에 직접 가서 박태준 명예회장의 경영철학과 관리예술에 대해 설명할 때도 자랑스러웠다.

또한 2003년 이구택 회장, 강창오 사장, 윤석만 부사장과 함께 찾아 뵈었을 때,

"사람은 누구나 잘못은 있을 수 있고 실수를 줄이려고 계속 반성하고 있다."

고 말씀하신 것이 아주 감명 깊다. 그리고 '온고지신(溫故知新)' 이라는 글을 직접 써서 우리들에게 가르침을 주셨다.

오늘의 포스코가 세계적으로 가장 경쟁력 있는 회사로 성장할 수 있었던 것은 설비 도입부터 건설, 원료수입에 이르기까지 모든 인프라를 철저하게 구축하고, '제철보국, 우향우 정신, 자원은 유한 창의는 무한' 이라는 기본정신을 철저히 교육 시킨 창업의 주역 청암 선생이 계셨기에 가능한 결과일 것이다.

포항 1기설비 건축허가가 나기까지

최 순 원

최종직위 : 실무추진반 부장 / 재직기간 : 1970~1982

포항제철소 1기사업 25개 공장설비의 건축물은 일반주택 시설을 포함하여 수백 동에 연건평 수만 평이다. 이 시설물에 대한 건축허가는 종합준공 후 1/500 Layout 배치용 도면에 건축목록을 첨부하여 일괄 신청하여 관계당국으로부터 전격 취득하였다.

건축허가는 우리나라에서 대표적으로 까다롭고 취득하기 어려운 인?허가 사항중의 하나이다. 나는 예외가 인정될 수 없는 이런 건축허가가 포항제철소 1기 건설 종합준공의 경우는 어떻게 취득되었는지를 증언하고자 한다.

103만2,000톤 규모의 제1기 건설공사가 준공되어 1973년 7월3일 역사적인 종합준공식을 박대통령 주빈 임석하에 성대하게 거행하였다. 또한, 대내외적으로 대대적인 홍보가 동시에 진행되기도 하였다. 단군 이래 최대 규모의 민족적 대역사(大役事)이니, 중화학공업의 상징적 설비인 우리나라 초유의 용광로 건설이니 하여 KBS 인기드라마 "팔도강산 좋을시고" (김희갑, 황정순 주연)의 테마로도 부각되어 방영된 일도 있었다.

준공식을 마친 후 며칠 뒤의 일이다.

C신문사 기자가 "포항제철소 전부가 무허가 건축물이라는데 사실입니까?" 하면서 정식으로 인터뷰를 요청해 왔다. 요지는 우리나라 중화학공업의 상징인 포항제철소가 일반시설인 주택단지 시설을 포함하여 몽땅 무허가 불법건물이라 하는데, 사실여부를 확인하고 싶다고 하는 것이었다. "그런 사항 같으면 건설을 주관하고 있는 건설본부 소관이므로 그 곳에 가서 확인하라"고 했더니, 그 곳에서는 "관리실 자산관리과가 건물등 시설물의 취득 운용 처분을 담당하고 있으니, 기능상으로는 자산관리과 소관이다"하고 다시 떠넘기더라는 것이다. 조직이나 업무분장이 아무리 치밀하게 편제되었다 하

더라도 '관리의 사각지대' 는 어디에나 있는 것이다. 사실 구체적으로 명시된 건축허가 업무 담당부서는 당시에 없는 상태였다.

결국 이사회에서까지 논의되다가 관리실 자산관리과가 주관이 되고, 관련 부서가 협조하는 형식으로 담당 부서가 잠정 결정되었다. 결국 1기 건설기간 중의 수백 동, 수 만평의 건축허가 업무를 앉아서 떠맡게 된 것이다. 그래서 또 한번 인허가부처인 포항시와의 일전을 숙명적으로 치르게 된 것이다.

궁즉통(窮卽通)이라 했던가.

결론부터 말하면 2주 15일 작전을 감행하여 우여곡절 끝에 전례 없는 건축허가를 일괄하여 전격 취득하였다. 수백동에 달하는 건축허가를 일건 서류화하여 건축법에 따른 건축위원회의 심의를 거쳐 사후적으로 건축허가 면허를 취득한 것이다. 이 건축허가가 부결되거나 지연되었다면 매스컴에 떠들썩한 화제를 제공하였을 것이다. 또한 건축대장 등재가 불가능하고 보존등기를 할 수 없어 담보공여가 불가능해져서 2기 건설자금 조달계획에도 큰 영향을 주었을 것이다.

수많은 공장의 건축허가를 사후에 일괄 취득한 경위는 이렇다.

현행 건축법은 일반주택이나 오피스빌딩을 지을 때 최소한의 규제를 가할 수 있도록 마련된 법이다. 따라서 대규모 단지에 일시에 많은 공장과 시설을 건설하는 경우에는 동법이 정하는 바에 따라 토지소유권을 인정하는 제 증명서, 건축물의 입 · 단면도, 구조계산서, 주변환경 평가서, 소방법상의 필요요건 등 기본설계 요건을 새로 갖추어 건축동별로 허가신청을 해야 한다. 그리고 반드시 전문건축사 명의로 신청해야 하는 것인데, 단시일내에 이런 요건을 갖추어 법에 따라 제출하고 허가를 얻는다는 것은 물리적으로 불가능했다. 서류작성에도 몇 개월씩 걸릴 뿐 아니라 서류의 분량도 몇 트럭이 되는 것이다. 이런 방대한 허가물건을 사후에라도 법에 따라 작성 검토할 수 있는 법정면허를 소유한 자격 있는 건축사도 사무소도 주변에는 없었다.

1 라운드

일단은 건설본부 부본부장 육완식씨가 건축사 면허등록이 되어 있었으므로 육 부본부장에게 자문을 받아 육완식 명의의 건축허가 신청서를 작성하고, 명세 별첨하는 형식으로 인허가 관청인 포항시에 다시 제출하였다. 그런데 포항시에서는 이런 허가신청서는 유례가 없었고 있을 수도 없으므로 법정요식을 갖추어 동별로 다시 작성하도록 주석을 달아서 반송, 기각하였다. 나는 현행법으로는 풀 수 없는 대규모 단지의 인허가는 별도의 특례규정에 의거하여야 하며, 특히 일관제철소의 경우에는 사업계획 승인시점에서 검토되었으므로 일괄하여 특례 승인되어야 한다고 강변하였다.

"사업계획은 이미 승인되었고 다 지어놓은 종합설비 공장이다. 이제 와서 건축법을 이유로 기각한다는 것은 앞뒤가 맞지 않는다. 더군다나 김현욱 도지사께서는 선건설, 후행정 식

포항제철소 1기설비 종합준공식(1973. 7. 3)

으로 포스코 건설요원들을 어제까지도 격려하였는데, 시 도시과장이 법규정을 이유로 기각한다는 것은 말도 안 되는 것이다" 라고 다시 강변했다.

"지금까지 3년만에 준공되는 동안 한번도 건축규제나 허가지도가 없다가 이제 와서 문제 삼는 건 앞뒤가 맞지 않아요. 이런 사실이 신문에라도 난다면 상황에 따라서는 시당국의 직무유기와도 전혀 무관하지 않을 거요!" 하며 저돌적이고 위협적인 논리로 대들었다. 또한, 허가지연, 등기지연이 되어 산업은행 융자까지 지연되면, 2기 기본공정에 지장을 초래하고, 그러면 시에서도 국가적 대역사를 그르치게 한 부분에 대해 일말의 책임을 면할 수 없을 것이다. 등등.

결국 시에서도 사안이 사안인 만큼 감당할 수 없다는 판단 때문인지 일건서류 일체를 상급기관인 경상북도에 이첩하게 되었다.

2 라운드

경북도청에 현장작업복과 워커차림으로 간 나는 도시과를 경유하여 도지사실에 면회를 요청하였다. 나는 면담 차례를 기다려서 겨우 면담했는데, 전술한 바와 같이 일괄사후 허가가 불가피하다는 점을 내세우며 강변하였다. 김지사께서는

한참을 침묵하더니,

“여보게. 최과장, 종합제철에서는 먹는 물 정도는 나누어 먹도록 주변공단에 배려할 수 있는 것 아니오?” 하며 엉뚱한 말로 운을 뗐다. 이야기인즉 1973년도 여름에 포항지역에 콜레라가 만연했는데, 연관단지 상수도시설이 지연되어 경상북도가 고심하고 있다는 내용인 듯 싶었다. 나는 쾌재를 부르며 답변했다.

“물 문제는 제 소관이 아닙니다. 그러나, 포항공단 사업계획상에는 연관단지 상수도가 가설될 때까지는 포항제철이 지원(유상이든, 무상이든 간에)하는 것으로 알고 있습니다. 알아보고 즉시 회사 방침을 말씀드리겠습니다.” 하고 담당이사를 경유하여 최고경영진에까지 경상북도의 물 사정을 보고하였다. 다행히 본사의 회답요지는 간단명료했다.

“먹는 물 용수 지원은 내일부터 가능하다. 그 요금 문제는 사후 공단 자체와 적절히 협의하겠다. 단, 1기건설 건축허가는 일괄선처 바란다” 하고 덧붙였다.

그 후 김 지사께서는 법무관을 호출하여 포항제철 허가건의 법리해석을 지시하고 내일까지 포철에 지침을 주라는 지시를 내 면전에서 즉답(卽答)으로 내려주었다. 쾌도난마(快刀亂麻)란 이런 것인가…

그 다음날 오후 2시로 기억된다.

포항시 도시계획과장으로부터 일건의 건축허가서를 수령하여 가라는 통보를 받았다. 허가서를 수령하고 보니 신청, 제출한 그대로 허가되었다.

허가신청 : 포항제철

대표건축사 : 건설부본부장 육완식

허가 승인된 공장 건축설비와 주택시설은 명세 별첨되어 일괄 사후허가되었다.

당시 소속부서에서는 건축허가서의 전격취득사건을 두고, 이것도 '돌관작업식' 이 거둔 쾌거가 아니냐고 자화자찬하였다. 실패했더라면, 어떠했겠는가? 즉시 "우향 우! 영일만으로!" 였다.

이처럼 한바탕의 우여곡절 끝에 1기건설의 무허가 문제는 막을 내렸다. 그 결과 법에 따른 벌과금 면제로 수십억원의 예산을 절감했을 뿐 아니라 1기 준공 자산의 보존등기를 할 수 있게 되었고, 담보로 공여할 수도 있게되어 한 기업의 자산관리업무가 정상궤도에 오르게 된 것이다. 지금 생각해 보면 참으로 호랑이 담배 피우던 시절의 꿈같은 일이었다. 이

기회에 건축사 육완식 부분부장에게 다시 한번 감사와 함께 고인의 명복을 빌어드리고 싶다.

모든 건축공사는 관련법규의 규정대로 허가취득 이후에 시공하는 것이 원칙이다. 옛날 포항도금강판(현재의 포항강판)사는 건설 초기에 건축허가 지연으로 인한 사전공사건으로 대표이사가 검찰에 소환되고 구속되는 일까지 벌어진 일도 있었다. 그 후 2기건설 시점부터는 건축허가 업무가 크게 부각되면서 그 업무가 건설본부 공사행정과로 기능이 이관되었다.

도쿄 그린호텔 주변 이야기

한 영 수
최종직위 : 부사장 / 재직기간 : 1969~1993

1970년에는 일본 동경의 치요다꾸(千代田區) 유라꾸죠(有樂町)의 마루노우찌(丸の內)에 있던 히비야(日比谷)파크빌딩 2층에 POSCO 동경연락소가 있었다. 이 연락소에서 지하철 치요다센 (千代田線)을 타고 3번째 역인 아와지조역(淡路町驛)에서 내려 5분정도 걸어가면 10층 건물의 작은 비즈니스 호텔인 도오꾜(東京) 그린호텔이 있었다. 이 호텔의 객실은 약 10평 남짓한 작은 방으로 1인용 싱글침대 하나와 TV 1대, 전화기 1대가 가구의 전부였다. 이 호텔방의 1박 숙박료가 약 US$10.-로 기억이 된다. 당시의 환율이 ¥360=US$1.-이었으니 ¥3,600.-/1박 이었다.

이 호텔을 필자가 언급하는 것은 이 호텔이 1970년에서 1972년 사이에 포항제철의 포항1기설비 구매계약팀이 숙박하던 호텔이었기 때문이다. 당시 POSCO의 포항 1기설비 구매계약 팀은 다음과 같이 구성되어 있었다.

열연설비 구매계약팀

① 노중열 당시 외국계약부장 (현 노중열 회계사무소 대표)

② 백덕현 당시 포항제철소열연부장

③ 계약실무자 : 김상섭 사원 (3급사원)

제강설비 구매계약팀

① 최주선 당시 POSCO 도오꾜 연락사무소장 (작고)

② 신광식 당시 포항제철소 제강부장 (작고)

③ 계약실무자: 필자 (3급사원)

고로설비 구매계약팀

① 이원희 당시 외국계약부차장 (작고)

② 김학기 당시 포항제철소 제선부장

③ 계약실무자: 김윤섭사원 (3급사원)

이 호텔에는 위의 구매계약팀 이외에도 이세기 부장, 이규익 사원등도 숙박하였는데, 이 호텔의 POSCO 숙박자들은 조찬식대를 절감하기 위해서 조찬을 호텔에서 들지 않고 호텔의 길 건너편에 있는 작은 다방을 이용하였다. 이 다방은 손님 유치작전의 일환으로 아침 7시 이전에 이 다방에 오는 손님들에게는 커피 1잔을 주문하면 무료 서비스로 손바닥 반만한 삼각형의 얇은 토스트 두쪽과 삶은 달걀 1개를 내놓았다.

당시 POSCO 설비구매 팀원들은 아침에는 이 다방에서 커피 1잔과 서비스로 주는 토스트 두쪽과 삶은달걀 1개로 해결하고 일단 치요다꾸(千代田區) 유라꾸쬬(有樂町)의 히비야(日比谷) 파크빌딩 2층에 있는POSCO 동경연락소로 출근하여 거기서 각

설비팀의 계약 협상장소인 열연설비 공급사 미쓰비시상사나 열연설비 제작사 MHI(미쓰비시중공업), 제강설비 공급사 이도쮸상사(C.Itoh&Co.,Ltd.)나 설비 제작사 KHI(가와사끼중공업) 또는 고로설비 공급사 미쓰이상사나 설비 제작사 IHI(이시까와지마 하리마중공업)으로 뿔뿔이 흩어졌다.

각 설비 구매계약팀은 하루종일 계약협상을 하고 오후 5시~6시에야 협상이 끝났으며, 오후 늦게 협상이 끝나면

POSCO 각 설비 구매계약팀 요원들은 Tokyo Green Hotel 인근에 있던 만세야(万世屋)에 와서 저녁식사를 하였다. 이들 POSCO 설비 구매계약팀이 애용하던 메뉴는 햄버거 스테이크였는데 철판을 밑에 깐 타원형의 나무판에 손바닥만한 햄버거 스테이크 1개와 에그후라이 1개, 그리고 약간의 야채와 밥 1공기를 올려놓은 동서양 혼합식의 독특한 메뉴였다. 가격은 ¥1,000.-이었던 것으로 기억된다. 당시 환율이 ¥360.-= US$1.-이었으므로 약 US$3.-에 해당하는 것이었다.

저녁을 계약 상대방인 공급사와 같이 하지 않고 POSCO

기술 용역 계약 체결 준비

구매계약팀 끼리만 한 것은 협상이 진행중인 계약 상대회사에게 신세를 지지 않겠다는 애국적인 자존심 때문이었고 이것을 계약 상대방도 이해를 했던지 저녁을 같이 하자고 붙들지 않았다.

각각 다른 장소로 헤어졌던 설비구매계약 팀원들은 저녁 7시~8시가 되면 만세야(万世屋)에서 만날 수가 있었다.

저녁식사가 끝나면 설비구매계약 팀원들은 호텔로 돌아와 낮에 있었던 협상결과를 점검하여 다음날 제시할 대안(Counter Proposal)을 작성하고 계약 실무자인 두 김씨 사원과 필자가 중고 타자기로 대안을 타자하였는데, 필자의 경우, 어떤 날은 새벽 4시가 되어서야 타자가 끝나는 날도 있었다. 당시는 컴퓨터나 워드프로세서가 없었던 시절이었으므로 타자기가 유일한 사무도구였다.

이러한 과로가 계속되는 날이면 며칠씩 눈이 벌겋게 충혈되어 다닌 적도 있었다. 그러나 아무리 새벽작업이 있어서 잠을 2~3시간 밖에 못잔 날이라도 아침 식사대 절약작전은 계속되어 어떤 때는 새벽 6시에도 7시 이전에 길 건너 다방에 오는 것을 지키도록 설비구매 계약협상팀 요원들간에 서로 독려전화를 했던 웃지 못할 일도 있었다.

조찬 식사대 절약작전은 사실은 당시 회사의 넉넉지 못한 사정 때문이었다. 당시 회사가 주는 출장 여비는 부장급이 US$23.-/일 이었고 사원급은 US$22.-/일로서, 호텔 1일 숙박료 US$10.-/일을 내고 나면 US$12.-~US$13.-을 가지고 하루의 식사대와 세탁비, 잡비까지 충당해야 했으니 이해가 충분히 되는 일이다.

이처럼 어려운 환경에서도 꿋꿋이 버틸 수 있었던 것은 "반드시 일관제철소를 성공시켜 부강한 나라를 만들어 국가에 보답하겠다"는 '제철보국(製鐵報國)' 의 신념(信念)이 각 계약협상 팀 요원들 가슴속에서 고동치고 있었기 때문이었다.

2005년 봄 어느 날 사적인 일로 동경에 간 일이 있었다. 1970년에서 1972년 사이에 숙박했던 호텔이 그리워 밤중에 택시를 타고 아와지(淡路町) 일대를 샅샅이 헤매었으나 그 호텔이 그간에 없어졌는지 찾을 수가 없었다. 크게 기대한 것은 아니지만, 포철 초창기의 추억이 송두리째 날아간 것만 같아서 여간 서운한 일이 아니었다.

♧ 9. 4 클럽

9.4클럽은 고인이 되신 박태준 명예회장님을 모시고 회사창업 초기부터 제철보국을 위한 사명감 하나로 어떠한 어려움도 감내하면서 맡은 바 업무에 노력하였던 당시를 회고하는 모임입니다.

첫 모임을 지난 2012年 9月 4日 가진 바 있으며, 회사 창립 45주년을 맞이하여 본 기념수기집의 발간을 추진하게 되었습니다.

클럽의 구성원은 황경로 전 회장(당시 기획관리부장) 산하 기획, 관리, 자금, 조직, 전산부문에서 근무하였던 선후배 동료들로서, 우정과 동료애를 오랫동안 기리고자 하며, 초대회장은 박득표 전 사장이 맡고 총무는 박종일 회원이 본 모임의 원활한 운영을 위해 노력하고자 합니다.

〈회원 명단〉

고학봉 곽무남 김광길 김광호

김기석 김두길 김두진 김두하

김명현 김상태 김세희 김용근

김용운 김정원 김주휘 김진주

김철녕 문장엽 박득표 박용달

박종국 박종일 박준민 백태성

성기중 손근석 송기환 신종길

여상환 연상우 유박인 이구택

이근실 이덕표 이동춘 이동희

이병성 이병열 이봉기 이성배

이용만 이우인 이정삼 이태구

이호경 장경환 장민소 정갑석

정윤모 조두옥 조평구 주철근

차동해 최광웅 최상준 최순원

최영길 한영수 현영환 〈59명〉

판권
소유

*

영일만의 추억

*

초판 인쇄일 / 2013년 3월 20일
초판 발행일 / 2013년 4월 1일

*

글 쓴 이 / 포스코 九四 클럽
펴 낸 이 / 유 인 기
펴 낸 곳 / 푸른물결
주 소 / ㉾ 137-815 서울 서초구 방배1동 141-48
2층 203호
편 집 부 / 2264-1048
팩시밀리 / 2264-1049
E-mail:yikprnml@empas.com

*

등 록 일 / 1992년 7월 31일
등록번호 / 제 2-1415호

*

잘못 만들어진 책은 바꿔 드립니다.
포스코九四클럽과의 협의로 인지는 생략합니다.

*

값 : 10,000원

*

ISBN : 978-89-87962-29-0